KB035699

미당 서정주 전집

3

시

* 이 도서의 국립중앙도서관 출판예정도서목록(CIP)은 서지정보유통지원시스템 홈페이지(http:seoji.nl.go.kr)와 국가자료공동목록시스템(http://www.nl.go.kr/kolisnet)에서 이용하실 수 있습니다. (CIP제어번호: CIP2015015357)

미당 서정주 전집

3

시

학이 울고 간 날들의 시

안 잊히는 일들

은행나무

'하늘이 싫어할 일을 내가 설마 했겠나?' ©전민조

평생의 은사 석전 스님과 미당

석전의 가르침을 받은 개운사 대원암
소설가 김동리와

미당이 아끼던 목탁과 염주

대원암에서 처음 읽은 『능엄경』(1933)

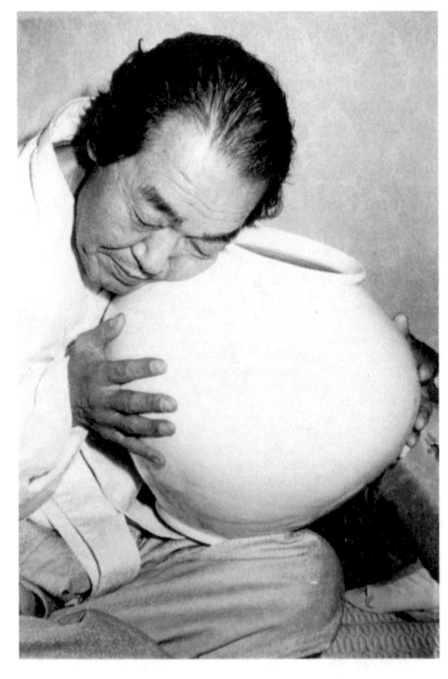

이조 백자에서 겨레의 마음을 발견한 미당

가야금 연주를 즐기는 한

진갑날 부인과(1976)

후배들과 맥주를 즐기던 미당

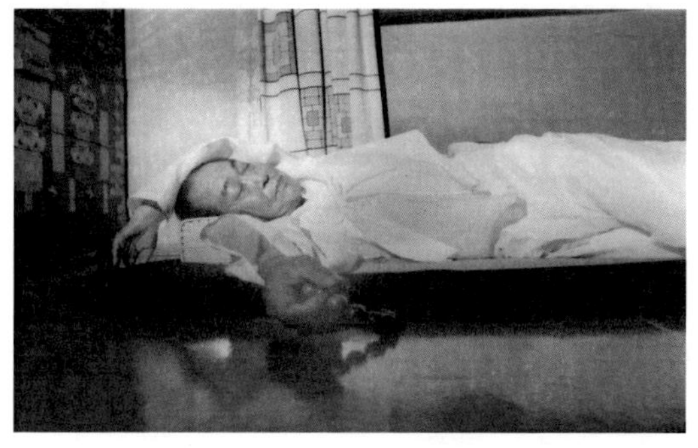

'나리는 이슬비에 자라는 보리밭에 기왕이면 비 열 끗짜리 속의
쟁끼나 한 마리 여기 그냥 그려 두고 낮잠이나 들까나'

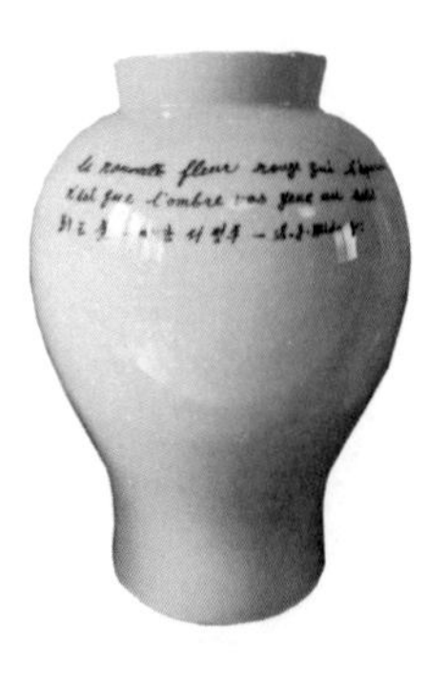

미당의 친필시 도자기들

발간사

미당 서정주 선생의 탄신 100주년을 맞이하여 선생의 모든 저작을 한곳에 모아 전집을 발간한다. 이는 선생께서 서쪽 나라로 떠나신 후 지난 15년 동안 내내 벼르던 일이기도 하다. 선생의 전집을 발간하여 그분의 지고한 문학세계를 온전히 보존함은 우리 시대의 의무이자 보람이며, 나아가 세상의 경사라 하겠다.

미당 선생은 1915년 빼앗긴 나라의 백성으로 태어나셨다. 우울과 낙망의 시대를 방황과 반항으로 버티던 젊은 영혼은 운명적으로 시인이 되었다. 그리고 23살 때 쓴 「자화상」에서 "나를 키운 건 팔할이 바람이다"라고 외쳤고, 이어서 27살에 『화사집』이라는 첫 시집으로 문학적 상상력의 신대륙을 발견하여 한국문학의 역사를 바꾸었다. 그 후 선생의 시적 언어는 독수리의 날개를 달고 전통의 고원을 높게 날기도 했고, 호랑이의 발톱을 달고 세상의 파란만장과 삶의 아이러니를 움켜쥐기도 했고, 용의 여의주를 쥐고 온갖 고통과 시련을 지극한 아름다움으로 바꾸어 놓기도 했다. 선생께서는 60여 년 동안 천 편에 가까운 시를 쓰셨는데, 그 속에 담겨 있는 아름다움과 지혜는 우리 겨레의 자랑거리요, 보물이 아닐 수 없다. 선생은 겨레의 말을 가장 잘 구사한 시인이요, 겨레의 고운 마음을 가장 잘 표현한 시인이다. 우리가 선생의 시를 읽는 것은 겨레의 말과 마음을 아주 깊고 예민한 곳에서 만나는 일이 되며, 겨레의 소중한 문화재를 보존하는 일이 된다.

미당 선생께서 남기신 글은 시 아닌 것이라도 눈여겨볼 만하다. 선생의 문재文才와 문체文體는 유별나서 어떤 종류의 글이라도 범상치 않다. 평론이나 논문에는 남다른 통찰이 번뜩이고 소설이나 옛이야기에는 미당 특유의 해학과 여유 그리고 사유가 펼쳐진다. 특히 '문학적 자서전'과 같은 산문은 문체를 통해 전달되는 기미와 의미와 재미가 풍성하여 미당 문체의 진미를 맛볼 수 있다. 미당 문학 가운데에서 물론 미당 시가 으뜸이지만, 다른 글들도 소중하게 대접받아야 할 충분한 까닭이 있다. 『미당 서정주 전집』은 있는 글을 다 모은 것이기도 하지만 모두 소중해서 다 모은 것이기도 하다.

미당 선생 생전에 『서정주문학전집』이 일지사에서, 『미당 시전집』이 민음사에서 간행된 바 있다. 벌써 몇십 년 전의 일이다. 오늘의 관점에서 보면 그 책들은 수록 작품의 양이나 정본의 측면에서 아쉬움이 많다. 지난 몇 년 동안, 본 간행위원회에서는 온전한 전집을 만들기 위해서 많은 수고를 아끼지 않았다. 서고의 먼지 속에서 보낸 시간도 시간이지만 여러 판본을 두고 갑론을박한 시간도 만만치 않았다. 특히 미당 시의 정본을 확정하고자 미당 선생의 시작 노트나 육성까지 찾아서 참고하고 원로 문인들의 도움도 구하는 등 번다와 머뭇거림을 마다하지 않았다. 참으로 조심스러운 궁구를 다하였으니, 앞으로 미당 시를 인용할 때 이 전집에 의존하는 경우가 점점 많아지기를 바랄 뿐이다.

한편으로, 미당 전집의 출간은 두려운 일이다. 그것은 미당 선생의 모든 작품을 제대로 보여 준다는 형식적 의미를 지니기 때문이다. 세상에 어떤 전집이 있어 미당 선생의 모든 작품을 제대로 보여줄 수 있을 것인가? 우리에게도 그것은 현실이 못되고 희망이겠지만 그래도 우리는 그 희망에 최대한 가까이 가고자 했다. 우리가 그 희망에 얼마만큼 근접했는지는 앞으로의 세월이 증명해 줄 것이다. 다만 지금으로서는 지극한 정성과 불안한 겸손이 우리의 몫일 따름이다.

마지막으로 감히 말하건대, 우리는 미당의 전집 간행을 긍지와 사명감으로 하고자 했다. 우리는 미당을 통해서 이 세상에는 아주 특별한 것이 아주 드물게 존재함을 알게 되었다. 그리고 그 특별하고 드문 것을 우리 손으로 정리해서 한곳에 안정시키는 일에 관여하는 기쁨을 누렸다. 우리의 기쁨이 보람이 있어 세상의 기쁨이 된다면 그 기쁨은 곱이 될 것이다. 아니 그보다 미당의 문학이 이 세상에서 제 몫의 대접을 받게 된다면 우리는 사필귀정事必歸正이라는 네 글자를 진리로 받들면서 더 큰 기쁨을 누릴 것이다.

미당 선생 탄생 100주년이 되는 해의 유월에
미당 서정주 전집 간행위원회

이남호, 이경철, 윤재웅, 전옥란, 최현식

차례

제2부 삼국시대 편

제3부 통일신라시대 편

제4부 고려시대 편

제5부 이조시대 편

제10시집 안 잊히는 일들

3 만 열세 살에서 열여섯 살까지

4 만 열여덟 살에서 스무 살까지

8 삼십 대 시편 2

9 사십 대 시편 1

10 사십 대 시편 2

11 오십 대 시편 1

12 오십 대 시편 2

13 육십 대 시편

일러두기

1. 이 시 전집은 서정주 시(950편)의 정본을 확정하고자 한다. 『화사집』(남만서고, 1941) 『귀촉도』(선문사, 1948) 『서정주시선』(정음사, 1956) 『신라초』(정음사, 1961) 『동천』(민중서관, 1968) 『서정주문학전집』(일지사, 1972) 『질마재 신화』(일지사, 1975) 『떠돌이의 시』(민음사, 1976) 『서으로 가는 달처럼…』(문학사상사, 1980) 『학이 울고 간 날들의 시』(소설문학사, 1982) 『안 잊히는 일들』(현대문학사, 1983) 『노래』(정음문화사, 1984) 『팔할이 바람』(혜원출판사, 1988) 『산시』(민음사, 1991) 『늙은 떠돌이의 시』(민음사, 1993) 『80소년 떠돌이의 시』(시와시학사, 1997)를 저본으로 삼았다.

1-1. 『서정주시선』에 재수록된 『화사집』과 『귀촉도』의 작품은 『서정주시선』 본을 기준으로 삼았다.

1-2. 『서정주문학전집』 '신라초'에 추가된 4편을 이번 전집에 포함했다. 시집 『질마재 신화』 2부 '노래'에 실린 12편은 이 전집의 『질마재 신화』에서 제외하고 『노래』에 수록했다. 『80소년 떠돌이의 시』는 시집 2판(2001년)에 추가된 3편을 포함했다.

2. 판본마다 표기가 다른 경우, 첫 발표지와 초판 시집, 『서정주시선』 『서정주문학전집』 『서정주육필시선』(문학사상사, 1975), 시작 노트 등을 종합 비교하여 시인의 의도가 가장 잘 반영된 것으로 보이는 표기를 선택했으며, 시인이 직접 교정한 것이 확실한 경우 반영하고 편집자주를 달았다.

3. 원문의 세로쓰기는 가로쓰기로 바꾸었으며, 띄어쓰기는 특별한 경우가 아니면 현대 표기법에 따랐다. 한자는 한글로 바꾸고 뜻의 파악을 위해 필요한 경우에만 함께 적었다.

4. 작품의 소릿값 존중을 원칙으로 하되, 소리의 차이가 없는 경우 표준어로 바꾸었다.

5. 미당 특유의 시적 표현(사투리, 옛말 등)은 살리고, 한글 맞춤법 통일안에 어긋난 표기와 명백한 오·탈자는 바로잡았다.

6. 외국의 국명·지명·인명은 외래어 표기법에 따르지 않고 시인의 표현을 그대로 따랐다.

7. 원본 시집의 각주는 *로 표시했고, 그 외는 편집자주라고 밝혔다.

8. 단행본과 잡지 제목은 『 』, 시와 소설은 「 」, 노래, 그림, 연극 등은 〈 〉로 표기하였으며, 신문명은 부호를 넣지 않았다.

9. 시집에 실린 자서, 후기, 시인의 말, 머리말은 '시인의 말'로 통일하여 각 시집 편 맨 앞에 넣었다.

10. 부록으로 서정주 연보는 제3권, 작품 연보는 제4권, 수록시 총색인은 제5권에 수록했다.

제9시집

학이 울고 간 날들의 시

–시로 읽는 한국사 반만년

시인의 말

나는 1977년 가을에서 1978년 가을까지 약 일개 성상에 걸쳐 이 지구상의 세계의 편력을 한 내용으로 '세계기행시집'을 집필해 발행한 뒤, 다시 마음이 절실히 내키는 바 있어, 우리 한국 반만년사 속의 편력에 착수하여, 그걸로 『문학사상』지에 21개월에 걸쳐 연작시를 게재해 왔는데, '학이 울고 간 날들의 시'란 제명으로 된 그것이 즉 이 시집을 이루는 것이다. 세계의 정신사 속에서 우리 한국의 정신사라는 것은 얼마만큼 한 비중을 가질 수 있는가?—이걸 요량해 보고, 또 거기 해당하는 긍지도 장만해 가져 보려는 게 내 의도였는데, 이 점 내 예상한 대로 그 긍지도 찾아 가질 수 있게 되어 다행이었다.

내가 우리나라 역사를 다시 공부하면서 무엇보다도 많이 감명하게 된 것은 우리 국조 단군 이래 각 왕조를 통해 면면히 우리 정신사 속을 관류해 온 그 우리 고유의 사상인 풍류정신이었다. 하늘에서 오는 맑고 밝은 아침빛 그것처럼 늘 변함이 없이 의젓한 이 마음은 삼국시대 이후 불교나 도교 유교 기타 외래 사상의 영향을 받으면서도 늘 한결같이 우리 정신사의 밑바닥을 저류해 온 흔적들이 각 시대가 빚은 이야기들 속에는 많이 비치고 있어, 내게는 대단히 신기한 감동이 되었었다. 언제 어느 경우에도 절망은 하는 일이 없던, 어느 역경에서도 웃을 힘을 가진 이 의젓하고 여유 있는 끈질긴 선대의 국풍—어찌 이것이 불감不感의 대상일 수가 있겠는가? 이 정신이 우리 국사 속엔 늘 이어 살아 있어, 이걸로 우리는 한 긍지 있는 민족으로 참고 견디어 왔던 걸로 보인다.

여러 말 할 것 없이, 내가 우리 과거사의 각 시대의 각 상들 속에서 찾아 헤맨 그것들이 어떤 특질들로 된 것들이었는가 하는 점은 독자 여러분들께서 보시고 음미해 달라고 부탁할밖에 딴 도리가 없겠다.

끝으로 이 시집의 간행을 쾌히 맡아 주신 소설문학사 사장 김재원 씨에게 감사의 뜻을 여기 표한다.

1981년 11월 24일 아침

관악산 봉산산방에서

제1부
고조선시대 편

하느님의 생각

옛날 옛날 아주 먼 옛날의 가장 맑고 밝은 아침에, 하느님께서도 보는 눈과 마음이 카랑카랑 개어 가지고, 그의 아들들 중에서도 제일로 이쁜 아들 환웅만을 곁에 데불고, 하늘 밑의 이 우뻑지뻑한 땅의 구석구석을 살펴보고 계셨습니다.

"귀여운 내 아들아. 네가 내려가서 살며 다스리고 싶은 나라를 네가 손수 골라 보아라." 아버지 하느님은 말씀하셨습니다.

그래 아들 환웅은 산과 벌판과 강과 바다들로 오밀조밀 짜여 있는 이 땅 위의 세상을 빈틈없이 두루두루 눈여겨보고 있었는데, 여러모로 비겨 보고 또 비겨 보아도 우리 조선 한국보다 더 그 마음에 드는 나라는 찾아볼 수 없었습니다.

"조선 땅이 그중 좋군요." 아들 환웅의 말에, "왜" 하고 아버지 하느님이 물으시니, "아침 해가 맨 먼저 떠 비치는 곳이라서 모든 게 맑고 밝고 의젓하네요. 모든 것이 아름다운 꽃 속에나 놓인 듯 눈에 삼삼히 그리워 보이고, 어디를 보거나 고운 산 고운 냇물이 안 보이는 데는 한 군데도 없는 나라 이런 나라는 딴 데는 없는데요?" 아드님 환웅은 빙그레 대답하였습니다.

그래서 바람이며, 비, 구름이며, 먹을 것 입을 것 살 것을 맡은 하늘의 정기精氣들을 데불고, 하느님의 가장 귀여운 아들 환웅께선 마악 우리 조선 태백산으로 내려오시려는 판이었는데, 아버지 하느님은 아들의 옷소매를 슬그머니 잡아당기며 그의 귀에다 입을 바짝 가까이 가져다 대고 나즉히 비밀히 당부하시는 것이었습니다.

"네가 인제 땅에 가서 살아 보면 알겠지만, 땅 위 사람들은 우리 하늘과는 달리 마누라를 여럿씩 얻어 살기도 해서, 소실한테 낳은 자식은 '서자'라고 하는 버릇이 있다. 그러니 어느 땐가는 네 가장 하늘다운 자손들을 무력으로 이겼다고 어리석게 우쭐대는 모자라는 무리들이 생겨, 네 족보까지를 바꾸자고 할는지도 몰라. 너를 하늘의 '서자'라고 하고 즈이 선조를 갖다가 '적자'라고 말씀야. 혹시 그런 때가 오더래도, 내 귀여운 아들아, 아침이 언제나 맨 처음 열리는 나라 사람의 그 의젓한 본심을 묵묵히 늘 잘 지켜 가라고 네 자손만대에 신신당부해 두어라."

환웅의 생각

하늘로부터 우리나라 태백산의 가장 조용한 곳에 내려오신 하느님의 제일 이쁜 아드님 환웅께서는 사철 푸르고 내음새가 점잔한 크낙한 향나무 그늘에 앉으셔서 '이 나라 사람들의 목숨이라는 걸 어떤 것으로 할까?'를 곰곰히 깊이 생각해 보셨습니다.

그래, 이모저모 여러 가지로 생각해 보고 또 느껴 보신 끝에 '열 살까지보다는 백 살이 낫고, 백 살까지보다는 천 살이 낫고, 천 살보다는 만 살이 낫지만, 이러면 이건 결국 인색한 거라. 이왕이면 하늘의 목숨이 끝이 없듯이, 이 겨레의 목숨도 끝이 없이 하리라. 그 몸이사 젊어서 죽건 늙어서 죽건, 그 마음으로 자자손손 이어 가는 마음의 목숨만은 끝이 없는 것을 알아 살게 하리라. 내 아버님 하느님을 닮아 끝없어야 하는 것을 알고 살게 하리라' 작정하셨습니다.

그런데 환웅께서 좀 더 자세히 생각해 보자니, 영원히 이 겨레의 마음의 목숨이 하늘같이 늘 의젓이 이어 가자면 거기 거슬리는 것이 두 가지가 있었습니다.

그 첫째는 사나운 호랑이같이 못나게도 잘나게는 힘을 쓰는 것이고, 그 둘째는 곰같이 두두룩하여도 어리석게 구는 일이었습니다.

그래 우리 환웅께서는 영원히 이어 살아가는 마음의 목숨을 아는 자기 아들딸을 낳아 기르자면 자기 아내가 될 색시부터 아무래도 덜된 버릇은 몽땅 고쳐 놓아야만 되겠다고 작정하시고, 곰같이 어리석은 계집애 하나와 범같이만 노는 계집애 하나를 골라 "너희는 햇빛을 바로 볼 자격이 없다"고 아주 깡깜한 데에 집어넣어 버렸습니다. "참어라. 참어라. 제아무리 쓰고 매운 고생이 닥쳐 오더라도 참고 견딜 줄을 알아야 사람 노릇을 제대로 하며 자손만대 이어가는 것이다. 아주 쓰디쓴 쑥하고 아주 매운 마늘만 어느 만큼씩 노나 줄 것이니 그것만 먹고 어디 잘 견디어 봐라. 잉. 끝까지 잘 견디는 여자걸랑은 내 마나님으로 해 줌자"고……

곰 색시

제 딴으론 사는 힘에 자신이 있다고 생각한 사나운 계집애와 어리석은 계집애는 하느님의 제일 이쁜 아드님 환웅한테서 먹고 살 것으로 쑥과 마늘만을 얻어 가지고 깡캄한 굴속에서 누가 더 잘 참고 견디어 내나 겨루어 보기로 했던 것인데, 그야 물론 자발머리없는 호랑이 같은 계집애가 졌습죠. 어리석은 건 그래도 그 견디는 푼수가 사나운 것보다는 나아서, 곰 처녀는 그 쓴 쑥과 그 매운 마늘만을 먹고 살면서도 어리석은 양 그냥 잘 참아 냈지만, 방정맞은 호랑이 처녀는 제 잘난 바람에 그만 도중에서 발끈 지랄하며 뛰어나가 딴전을 보아 버리고 말았습죠.

그리하여, 쓴맛 매운맛을 두루 다 견디어 참으며 살 수 있는 곰 처녀가 끝없이 오래 갈 하늘의 마음을 그 마음속에 간직해 갈 자격을 얻어서 환웅의 아내로 뽑히었습니다.

그게 참 무척은 반가웁다고 밭에서는 까치들이 째재거리기 비롯했는데, 그때부터 까치가 먹는 것으로 까치마늘이란 이름이 붙은 것도 새로 생겨나게 되었었지요. 아릿하긴 하지만 과히 매웁진 안한 쬐그만 그 까치마늘도 그 뒤부터 이어서 밭고랑에 가끔가끔 돋아나게 됐지요.

단군

곰같이 어리석기만 했던 처녀가 그 마음을 잘 닦아서 나오는 것을 환웅이 보니, 비로소 하늘의 안 끝나는 마음을 그득히 그네 마음속에 담아도 좋을 것 같아서 그렇게 하시고, 그러고 나니 그네의 의젓함에 환웅께서도 그리움이 생겨, 가까이 한 나머지에 곰 처녀는 마침내 애기를 갖게 되었는데, 그 이름이 당굴—단군檀君이었지요.

당굴은 아주 먼 우리 옛말로 하늘이란 뜻이니, 사람은 언제나 두루 하늘다와야 한다는 속셈을 이 이름은 간직하고 있는 것이지요. 하늘다와야 하는 것이니까, 당굴(단군) 노릇으로 살자면 그 나이도 끝이 없어야 하는 것인데, 우리 처음 당굴님의 나이를 왜 일천구백여덟 살로 계산했느냐 하면, 그건, 사람의 살을 가진 목숨의 나이로서, 그 이름으로 왕 노릇을 한 그와 그의 후계자들의 이 세상 나이를 얼추 모다 합쳤던 것으로 보이는구먼요. 그 핏줄이 간절하기 작정이라면 여러 대를 고로코롬 합쳐 세도 좋기사 좋은 일이니까……

1920년 무렵까지도 이 '당굴'이란 이름으로 천대받으며 무당 노릇을 하고 다니던 식구들이 이 나라엔 어느 만큼 있었던 것인데, 지금은 눈 씻고 볼래야 보이지 않고, 그 대신 인제는 뿔뿔이 홀로 되어 '떠돌이'란 이름으로 떠돌고 있는 남녀의 외톨이들만이 남아 있소.

이들도 멀리멀리 안 가는 데가 없이 뻗쳐 가려 하며, 또 그런 하늘의 신바람도 간직하고 있는 점에서는 본래의 당굴과 아조 딴 것도 아니건만, 어느 때부터인지 속이 그만 텡 비기 시작하여, 거기 천만 가지 시름이니 뭐니 그런 걸 꼬작꼬작 집어넣어 채우고, 비칠비칠 헤매고 다니다가 어언간에 그만 그리 외톨이들이 되어 버리고 만 것이지요.

조선

이 땅에서 우리 겨레 된 사람 누가 시방 무슨 치사한 즛을 하면서 그 사람 값을 얼마를 에누리하며 살고 있건 간에, 목욕 한번 특별히 깨끗이 하고, 마음 한번 되게 가중커려, 이 하늘과 땅 사이 두두룩히 버티고 서서, 깊이깊이 고마와하고 또 큰 자랑으로 여겨야 할 일이 하나 있으니, 딴 게 아니라, 그건, 우리가 이 하늘 밑에서는 어느 날이나 맨 처음으로 새어 오는 아침을 가진 나라 사람들이란 점이오. 이 땅 위에선 그 가장 맑은 아침이 어디에서보다도 맨 먼저 열리는 나라—조선朝鮮을, 또 하느님의 제일 이쁘신 아드님 환웅을 우리들의 넋의 뿌리로 함으로써, 마음눈에 삼삼히 지닌 점이오.

북 치고 징을 울려 추켜세울 일이요, 또 소고 치고 꽹과리도 울려 아주 좋아할 일인 것이오.

흰옷의 빛깔과 버선코의 곡선 이야기

옷이란 으레 여자가 짓는 거니까, 우리 겨레의 맨 처음 옷은 우리 겨레의 맨 처음 여자였던 곰 처녀 단군의 어머님께서 꿰매 내놓으신 것이지요. 우리나라의 맨 첫 임금 단군을 낳아 놓으시고, 그한테 입힐 것을 그 남편 환웅과 상의해 가며 어느 결엔가 만들어 내놓으신 것이지요.

"무슨 일이 있어도, 아야 아야 아야야 치사스레 아파하는 빛이어서는 안 돼! 엉엉엉엉 울지도 않고, 늘 점잖고 의젓하게 웃고만 있는 그런 빛을 한번 찾아보시오. 쓰거운 쑥 맛, 매운 마늘 맛, 두루 다 겪고 난 임자 배가 덩그랗게 낳아 놓은 아이 옷이니까요." 남편 환웅이 이렇게 말하면, "그럼 깜장·빨강·파랑·노랑 다 아니고, 흰빛이나 그래도 그중 어울리겠어요." 곰이 둔갑해 된 아내는 하얀 박꽃 비스름히 웃어도 대면서 말씀이어요.

그래, "그게 좋겠소. 하늘도 사실은 흰빛입니다. 그게 너무 멀어서 낮에는 푸르게도 보이고 밤에는 또 캄캄해 보일 뿐이지……" 환웅께서 대답하시어, 그 흰빛으로 이 겨레의 옷빛은 처음으로 이 세상에 정해진 것이올시다.

그런데, 여기 남은 또 한 개의 큰 문제는, 우리나라 여인네들이 지금도 가끔 신고 다니는 그 하얀빛 버선코의 그 묘한 곡선의 내력이지요.

사실은 단군의 아버지와 어머니가 단군과 그의 겨레한테 입힐 옷 빛깔을 상의하고 있을 때에, 마침 어디서 학두루미 한 쌍이 날아와, 옆에 멋지게 늘어진 늙은 소나무 가지 위에 끼룩거리고 나란히 앉아 있었는데, 얼씨구 한바탕 껑충거려 춤을 추고 다시 하늘로 날아오르는 것을 단군의 어머님이 가만히 보아 하니, 의젓하고 태연히는 싸악 날으는 그 날갯죽지의 곡선의 맵시가 하도나 좋아 "우리 애기 버선에는 저런 코를 붙여야겠어요." 하신 데서 비롯된 것이올시다. 그래서 저 끝없는 하늘을 가장 점잖게 잘 날으는 학두루미의 날갯죽지의 그 어여쁜 곡선의 모양은 우리들의 버선코에서 다시 우리 겨레의 옛 신발이었던 나막신 코에로도 옮겨 붙여지게 되었고, 또 좀 더 뒤에는 이것은 우리네 기와집의 지붕 위의 양켠의 추녀 위에도 참 막힐 데 없이 훤출한 모양으로 매달려 있게 되었습니다. 그래, 중국 사람들이나 일본 사람들이 그 뒤에 와서 보고 본따 가기도 했사옵지요.

신시와 선경

하느님의 가장 이쁜 아드님 환웅께서는 크나큰 신이신지라, 그분이 삼천 명의 부하의 신들을 데불고 처음으로 내려오신 우리나라의 태백산 모롱 언저리는 '신의 마을[神市]'이라고 불렀습니다만, 이것은 살로 된 사람의 눈에는 보이는 것이 아니고, 맑고 밝은 사람들의 마음속의 눈에만 겨우겨우 가남이 가는 것이올시다.

그런데 그 환웅의 아드님—우리 겨레의 살 가진 첫어른이신 단군 임금께서는 평양을 서울로 해 이 나라를 다스리시면서, 문득문득 그 아버님의 고향인 하늘의 신들과 마음속으로 은근히 사귀며 지내고 싶으시면, 백두산의 제일 조촐한 곳으로 옮겨 가서 한때씩을 지내시곤 하여, 그러시던 그곳을 '신선의 터[仙境]'라고 합니다. 살을 가진 사람의 한정된 목숨으로 사는 게 아니라, 한정 없는 하늘 속의 마음만의 나이로 사는 연습이 가끔가끔 약으로 아주 필요했던 거지요.

그리하여 뒤에 중국이나 우리나라에서 풍류라는 이름으로 일컬어 온 이 신선의 길은 이 하늘 밑에서는 처음으로 단군께서 열어 놓으신 것입니다.

풍류

신라의 시인 최치원이 말한 걸 보면 "우리나라에서 처음 생긴 이 풍류風流라는 생각은 인도의 석가모니의 불교와 중국의 노자의 도교와 공자의 유교를 아주 잘 포함하고 있다"는 것이고, 또 얼마 전에 세상을 뜬 최남선의 해석으론 "하늘의 밝음을 뜻하는 우리 옛말 '부루'의 소리에 맞추어 그 두 한문 글자를 붙인 것이다"는 것인데, 그 말씀들을 곰곰히 생각해 보면서, 거리의 밤 뒷골목의 구석진 방의 한 많은 노기老妓들이 헐수할수없이 되면 손가락 끝으로 줄을 짚어 퉁기고 앉았는 가야금의 그 풍류 가락이나 잘 들어 보노라면, 아리숭 아리숭 머언 먼 억만 리 아지랑이 넘어 고향 일처럼 아른 아른 아른 아른거려 오는 것이 있기는 있지. 이조 백자나 고려 청자 아조 썩 좋은 항아리나 하나 사알사알 만져 보면서 이것을 두고두고 생각해 보자면……

고인돌 무덤

옛날 조선 사람들은 워낙 마음씨가 깨끗하여서 죽은 뒤에 저승에 가 가슴 아파할 흉하고 너절한 죄는 절대로 저지르지를 못했기 때문에, 죽어 숨넘어가 하늘의 영원 속에 들어가서도 쓰라리게 뉘우치거나 원한에 이를 가는 일은 없었지마는, 하도나 기인 그 영원살이를 신선, 선녀 노릇이나 하고 살아가자니 가끔가끔은 심심한 나머지에 그래도 어디가 좀 가려워 오는 일은 있어서 그런 경우에는 아리따운 선녀더러 그 예쁜 손톱으로 그 가려운 데를 사알살 잘 좀 긁어 달라고 부탁하는 일은 있었습니다.

마고 선녀麻姑仙女라는 이름을 가진 선녀가 그중에서도 그 가려운 데를 제일 잘 긁어 주던 선녀로 유명했는데, 많이 유명하니까 뒤에는 중국 쪽에 생긴 신선들까지가 사정사정하여 이 마고 선녀님을 초청해 가기도 했었습지요.

이 나라 북녘땅에 아직도 널려 있는 당굴[檀君] 조선 때부터의 고인돌 무덤들—마치 천정 달린 침상 모양으로 된 이 고인돌 무덤들을 '마고 선녀의 집'이라고 별명으로 불러 온 것은 그게 바로 그 때문이올시다.

동이

동이東夷란 물론 중국 사람들이 옛날 우리 조선 사람들한테 붙인 별명으로, '이夷' 자는 '궁대인弓大人'을 합친 글자니까 활을 특별히 아주 잘 쏘는 군자라는 뜻이라, 그들 나라의 동쪽에 사는 우리의 활쏘기와 사람됨이 그들보다 훨씬 훌륭함을 찬양하여 만들어 낸 표현입니다.

그런데 이 뜻을 좀 자세히 느끼면서 생각해 보자면 전쟁에선 아무래도 늘 유리有利키만 한 이름인 것 같지는 안해. 그야 제 아무리 대인군자라 할지라도 덤비는 맹수나 침략해 오는 적이사 없애야 하는 거니까 거기에사 이 이름을 붙여도 좋겠지만, 오붓하게 저희들끼리 즐기고 있는 짐승들이나 외국인들을 사냥하고 선침先浸하는 건 대인의 노릇은 될 수가 없는 것이니 말씀이오.

활뿐이리요. 저 넓은 만주 벌판에서 산동반도에 이르기까지 우리 동이들은 으뜸으로 가장 잘 말도 몰면서 닥치는 곳마다 극진한 우러름이사 늘 받았었지만, 그들이 쏘아 대는 화살들은 두루 하늘의 해의 햇살만 같아서 뭇 목숨의 올바른 꽃피움의 편이었을 뿐이었으니, 악착 같은 권모술수의 싸움이 되풀이되는 인류 역사 속에서 어떻게 더 많이 유리키만 할 수가 있었으리요.

하늘과 그의 제일 어여쁜 아들 환웅이 미소로 인증하는 징조가 마음속에 비쳐야만 바람에 휘파람을 불리며 비로소 활줄을 당겨 백발백중의 화살을 날리고 있었던 동이—우리가 어느 영원에서도 가장 떳떳하고 의젓한 무부武夫이기사 했었지만서두……

이것, 옛 중국인들이 우리의 이런 불리를 속으로 셈하면서 음흉스레 웃으며 붙여 논 이름이나 아닌지?

영고

영하 3, 40도의 치위 속에서는 산새도 더러 떨어져 내리는 일이 있어, 요새 사람들은 치위가 이쯤 되면 눈알맹이가 얼어붙지 않게스리 방한 안경도 만들아 쓰고 다니며, 오금을 제대로 펴지를 못하는 것인데, 우리 옛 부여 때의 동포들은 겨울 중에서도 가장 치운 겨울인 음력 섣달이 돼야만 그들의 나라인 그 치운 만주 벌판에서 영하 40여 도의 강치위를 골라 가죽으로 만든 북을 둥둥거리며 그들의 본고향인 하늘 속의 신들을 불러 모으는 제사[迎鼓]를 지내고 있었다니, 참, 이거야 정말 기막히게는 별난 일이었어요.

우리 같으면 이것 이빨이 달달 떨려 못 견딜 텐데, 그 대단한 치위 속에서라야 "우리 서로 좀 더 친하게 지내세." 뜨듯한 정도 더 두두룩히 나누고, 잘못한 남녀들도 용서해 주기도 하고, 좀 더 자세히 의논할 것도 의논하고, 그러면서 아조 신나게 둥둥둥둥 북도 울리고 있었다는 건 묘해요.

농사가 잘 되게 해주셔서 아주 고맙습니다고 하늘에 하는 인사말도 꼭 이 대단히는 치운 때를 골라서 여쭙고, 뼛속까지 오싹했을 이 제일 큰 치위 속에서 그들의 하늘의 신들을 가장 잘 마음속에 맞이해 들이고 있었다는 것은 아무리 생각해 보아도 기막히게는 묘해요.

무천

지금 우리나라의 동북쪽과 만주의 동북쪽 일대에 살고 있던 우리의 옛 겨레 예맥 사람들은 음 시월상달에 왼갖 열매가 무르익어 거두어들이게쯤 되면, 산에 올라 노래하고 춤추며, 하늘의 신들을 마음속으로 맞이해 들이며, 추수감사의 제사를 지냈었는데, 이때에는 술을 양껏 밤낮으로 마시면서 있었다니, 이것도 역시나 굉장한 일이 아닐 수가 없군요. 『위지동이전』에 보면, 음 시월 중에는 이들은 밤이나 낮이나 사뭇 술을 마시며 노래하고 춤추고 있었다고 했는데, 하늘의 신을 맞이해 받아들이는 경건 엄숙한 정신 노력을 어떻게 장취長醉해 가무歌舞하면서도 잘 해낼 수가 있었는지, 이 어찌된 굉장한 정신 능력인지, 우리로선 암만해도 짐작이 잘 안 가는구먼요. 이걸 갖다가 '하늘에 춤춘다'는 뜻으로 '무천舞天'이란 이름으로 불렀다고는 하거니와, 그 많이 술 취한 춤속의 무슨 특별난 곡선의 효력으로 고로코롬 하늘의 신들을 내려오게 했는지, 참 신비스러울 뿐이군요.

요즈음도 카톨릭의 신부나 불교의 스님들 중엔 술을 즐겨 마시는 이들도 더러 계시긴 계시지마는, 이건 쉬실 때의 일이지, 신이나 부처님을 부르는 자리에서 자뿍 취해서 해보라면 아마 법황이나 대종사나 대선사라 하드래도 그건 잘은 못할 거니 말씀입지요.

동맹

이 세상의 여자들 중에선 그 무엇보다도 햇빛이 늘 항상 연연히 그리워 가까이하는 처녀가 가장 복이 있나니. 왼갖 꽃과 곡식과 과일의 열매들을 돌보아 피어 여물게 하는 그 삼삼한 햇빛에 늘 가까이 관여하는 처녀가 제일로 이쁘고 또 복이 그득하나니. 그런 처녀를 어느 못된 권력가가 어느 어두운 방구석에 꽁꽁 묶어 가둔다고 할지라도, 문틈으로 스며드는 햇빛하고만 늘 더 많이 관계하며 꺾이지 않는 그런 처녀는 더욱 더한 상복上福이 있나니.

고구려 시조 고주몽의 어머니가 처녀 시절엔 늘 이러하였음을, 유화柳花의 이름으로 맑고도 도도한 강물가에 태어나 살며 강물에 어리는 햇빛을 사랑하다 이리 되었음을, 그래서 어느 총각을 붙어 낳은 그의 첫애기까지를 '해의 씨'라 하였음을, 알아차려 섬길 줄 알던 우리 고구려 상대上代 민족도 또한 큰 복이 있나니.

고구려 사람들이 햇빛의 연인 유화의 애기 낳은 하문下門—그 하문을 높이높이 숭상하여, 그 근처의 땅 언덕 밑의 가장 좋은 동굴을 골라 이걸 유화의 하문의 상징으로 삼아서, 해 뜨는 동녘 나라의 모태의 섭리의 맹약의 뜻을 주어 '동맹東盟'이란 이름으로 해마다 제사를 드렸음은 더더구나 복이 있나니. 시월이라 상달의 햇빛 제일 밝은 날, 우리가 농사지어 먹고사는 건 이게 모두 두루 다 이 구먹의 덕택이니라고, 그 구먹에 나즉히 고개 숙여 제사할 줄 알았던 건 복 중에서도 아조 깊은 복이 있나니……

이것, 또한 개가 바위 옆을 지나듯 그냥 슬쩍 속도 모르고 지나칠 이얘기는 절대로 아니라구. 요새는 이 구멍까지도 모두 갖다가 장난감으로도 만들고 있긴 있지만서두……

북부여의 풍류남아 해모수 가로대

짐은 조선의 하늘이 낳은 아들, 태양의 정기, 단군 때부터의 그 풍류 정신의 신이요 사람을 겸한 자로다.

희랍의 태양의 신 아폴로는 강물의 여신 다프네에게 채인 사실도 있었지만서두, 짐의 힘과 매력은 매우 숭글숭글하고 빈틈이 없이 직선과 곡선을 다하기 때문에, 내 비록 노경의 나이일지라도 한번 마음먹은 처녀가 만일에 높은 산을 좋아하면 나는 꼭 높은 산같이 되고, 처녀가 또 만일 맑은 강물을 좋아하면 나는 어김없이 또 그리 되며, 햇빛 냄새 띠앗한 보리밭이 좋다면 그 보리밭같이, 거기 날아오르는 노고지리 목청이 좋다면 또 그렇게도 되나니, 이렇게 사람이요 신인 자者 나를 따돌리고 말 길은 이 하늘 밑에서는 영 없도다. 가령 누구의 아내 된 여자가 그 남편의 애기를 갖는 자리일지라도 나 해모수가 기억에 떠오른다면 그 마음만은 나를 인해 애기를 배리로다.

흠! 일이 이러하므로, 짐의 양손자인 왕 금와의 아내 유화가 처녀 때 내 기운을 받아 애기를 가진 사실도 잘 덤을 붙여 보아 주길 바래노라. 흠!

왕 금와의 사주팔자

이것, 참, 되게는 헤성헤성한 천지에
큰 돌 두 개가
별 딴 이유도 없이
마주 보고 울고 있나니,
그런 언저리에서 생겨난
노오란 똥빛의 두꺼비 모양을 한 그대여.
그대는 될랴면 왕쯤은 하나 돼야 하지 안캈나?
대왕까지는 몰라도 왕쯤은 하나 돼야 하지 안캈나?

그리고 또
물색 좋은 물귀신의 딸 같은,
난들난들한 버들가지꽃 같은
그런 미인도 하나 가져야지 안캈나?
되깎이라도 하나 갖긴 가져야지 안캈나?

* 되깎이란 중이 환속했다가 다시 또 중이 된다는 뜻인데, 이 뜻을 한번 더 구을려서, 남의 아내였던 여자가 재혼하는 뜻으로도 쓰인다. 왕 금와의 아내 유화는 금와의 양조부 해모수와 통한 바 있었다고 전해져 오고 있으니, '되깎이'인 셈이지.

박혁거세왕의 자당 사소 선녀의 자기소개

나 사소娑蘇는 몽땅 조숙하고 그리움 많은 처녀라, 시집도 가기 전에 애기를 배서 법에 따라 마을에서 쫓겨났지만, 국조 단군 이래의 풍류사상으로 신선 중의 암신선—선녀가 하나 되어 불로장생 팔자 되기로 하고 경상도 선도산에 들어가 숨어 살았었도다. 산골에 널려 여무는 선도仙桃를 따 팔기도 하고, 매사냥을 해먹고 살면서, 내 외아들 박혁거세를 낳아 큼직한 신선으로 길러 냈도다.

"내 자식은 그만 알로 깐 것이다"고 소문을 퍼트린 건, 물론, 거짓부렁이라면 거짓부렁이었지만서두, 내 정과 슬기로써 느끼고 안 정신적 이해의 푼수에 비쳐 보자면, 그애가 하늘의 알이라는 게 으째서 아닐꼬? 맞고도 또 잘 맞는 일이었을 뿐이로다.

이리 알고, 이걸 자식에게 잘 가르쳐 훈련시켜서 그로 신라 맨 처음의 왕이 되게 하고, 그 덕으로 나는 이 나라의 국모—선도산 신모神母가 되어, 영원히 신선의 무엇임을 아는 자들의 제사를 받게 되었나니, 그리하여 해도 없는 그믐밤의 누구의 꿈속으로까지도 늘 누비고 다니며, 이 나라의 하늘과 공기가 살아서 남아 있는 날까지는 맑은 마음눈을 가진 사람들의 마음속에 늘 항상 건재하려 하는도다. 만세!

고구려 시조 동명성왕 고주몽의 사주팔자

대왕이나 성왕이나 왕중왕짜리가 적어도 될랴면은
되도록이면
처녀가 시집가기 전에 되게 야합해서 낳은 게 좋은데,
그중에서도 특히
하느님이라든가 햇님의 넋을 붙어 그랬노라고
그 핑계가 아주 썩 잘 풍류로 된 아이가 좋나니,
그러구선 또
이걸 자알 이해해 맡아 길러 주는
성인聖人 같은 의붓아비가 있어야 하나니,
이 사납기만 한 팔자로 태어난 고주몽이여.
그대는 무엇보다도, 무기를 일등으로 잘 다루고,
참말보다 나은 거짓말을 골라서 자알 해내고,
죽게 되는 마당에는
비호같이 아주 잘 뺑소니를 칠 줄도 안다면,
그대 어느 구석땅에 몰릴지라도
아무렴, 대왕이나 성왕 하나는 너끈히 될 것이오,
또 어쩌면
한 나라의 시조왕까지도 될랴면 될 것이니라.

제2부
삼국시대 편

팔월이라 한가윗날 달이 뜨걸랑

팔월이라 한가윗날 달이 뜨걸랑,
무엇을 하다가 이겼다는 자들이여
그 이긴 기쁨만에 취하들 말고,
그대들에게 져서 우는 자들의
설움을 또 같이 서러워할 줄 알라.

그리고 무얼 하다가 졌다는 자들이여
찌푸러져 웅크리고 앉았기보다는
일어서서 노래 불러 춤출 줄을 알아라.

서럽고도 또 안 서러울 수 있는 자여
한가윗날 달빛은 더 너희들 편이어니.

신라의 옛날에도 한가위 달이 뜨면
옷감 짜기 내기하던 여인네들도
진 편이 먼저 일어 춤과 노래 일렁였고,
달빛에 맞추아선 진 자들을 웃자리에,
진 자들을 웃자리에 모셔 두고 있었나니……

* 『삼국사기』, 「신라본기」 1, '유리왕 9년' 참고.

가야국 김수로왕 때

가야국 김수로왕 때에 그리워할 줄을 알던 사람들은
제 그리운 사람이 세상을 뜬 뒤에도
강 우에서 산으로 밀려오는 구름 속에
제 그리운 사람의 노랫소리를 듣고 있었다.
가까이서는 그림자를 못 봤지만,
멀리멀리 멀어져 가 있을수록
저승에서 오는 그 그림자도 아주 잘 보고,
또 그걸 자알 만져 보고도 있었다.
그리고 또
바윗돌이 거울이 되게도 해서
거기 어려 오는
죽고도 산 사람의 얼굴을 보았고,
그 바위를 두들겨서는
그 속에서 울려오는 금 같고 옥 같은
몸포 없는 그리운 이의 목청 흔적을 더듬었다.
그래서 그 느낌으로 칠보를 만들어서
머리에도 손가락에도 끼우고도 지냈었다.
하느님이시여!

* 『삼국유사』 권3, 「탑상」 4, '어산의 부처 그림자' 참고.

처녀가 시집갈 때

가야국 시조 김수로왕의 아내 허황옥은 시집올 때 산길에 접어들자 입고 있던 그 비단 속바지를 벗어서 신랑에게보다도 먼저 산신령께 고즈넉히 절하고 바쳤었나니, 그네의 여직껏의 연인이 산신령이었음이사 말로는 더 물을 것까지도 없도다. 그런데도 수로 쪽에서 한 마디의 타박도 없었던 걸로 보면, 그 산신령은 아마 전혀 솔바람 소리나 떡갈나무 바람 같은 무슨 그런 플라토닉 러브꾼이었을 것이다.

그것도 아니면 수로야말로 "산신령 같은 자와의 혼전 정사는 묻지도 않노라"는 식의 그런 애정의 사내였거나……

* 『삼국유사』 권2, 「가락국기」 참고.

고구려 민중왕의 마지막 3년간

그 마지막 3년간의 첫해엘랑은
칠월에 사냥 가서 흰 노루를 잡았더니
동짓달에 남천南天 별들이 요망스레 되면서
선달 왕도王都에는 눈이 영 안 내리고

그 마지막 3년간의 둘째 해엘랑
사월하고 칠월에 또 사냥을 갔는데
칠월에 갔을 때 웬 석굴 속으로 들어가설랑
"내가 죽건 여기다가 묻어라" 한 게

구월달에 동해 누가 바친 고래 누깔은
밤이 되니 정말 묘한 빛깔을 쏘고,

그 마지막 3년간의 셋째 해에는
그 민중왕은 영락없이 죽었다는 바,

자 이것은
초현실주의 시 속의 인과관계보다도

그 얼크러진 사연의 가락된 것이
한결 더 묘한 듯하여 여기 옮겨 놓노라.

* 『삼국사기』 권14, 「고구려본기」 2, '민중왕' 참고.

도미네의 떠돌잇길의 노래

왕이란 놈이 내 사내의 두 누깔을 빼
으시깡캄 장님을 만들어 내서
끌어내 배에 태워 강에 띄우곤,
내 손목 부여잡고 자자고 했네.

에그머니 이래서야 어디 쓰겠나?
"월경月經 있다" 거짓말로 버물어 두고,
강물에 뜬 내 사내 찾아서 갔네.
내 눈으로 지켜 가며 떠돌아 보려.

그래서 장님 남편 손을 이끌고
개나라 돼지나라 다 돌아봤네만
오래 두고 발 붙일 곳 보이질 않아
밤낮으로 숨어 숨어 떠돌아 갔네.

그러다가 우린 죽어 귀신 돼서도
이게 나어 이 떠돌이 이어 하네만
웬일인가 세월은 가고 또 가도

우리 뒤에 떠돌이 늘어만 가니?

그런데 요사이는 둘이 아니라
장님 된 사낼랑은 뒤에 놔두고
혼자서만 떠도는 여자 많다니
이것이 도미네의 설움이로군.

* 『삼국사기』 권48, 「열전」 8, '도미' 참고.
* 도미都彌는 백제 개루왕 때의 미녀.

술통촌 마을의 경사

고구려 산상왕이 하늘에다 제사할 때 쓰려고 가두어 둔 돼지 한 마리가 도망쳐서, 술을 잘 만드는 술통촌이란 마을로 들어갔사온데요. 산에 철쭉꽃 나뭇가지 구부러져 오고 가듯, 그놈의 돼지가 어찌나 되게는 왔다 갔다 하는지 잡히지 않아 걱정이었는데, 나이 스무 살쯤 되었을까 후녀后女라는 이름의 토실토실한 과년한 처녀가 나와 아주 썩 든든히 이쁘게는 웃으면서 보기 좋게 이것의 뒷다리를 잡아 냉큼 붙들어 매 놓았습지요.

산상왕이 뒤에 이 이야기에 반해서 밤에 그네 집에 스며들어가 붙어 애기를 만들었다 하는데, 이것은, 참, 한번 찬성해 볼 일이옵지요. 더더구나 요로코롬해 만든 애기가 뒤에 커서 제법 왕까지도 됐다니, 이거야말로 술통촌 마을 뒷산의 철쭉꽃 나무가 그 구불구불한 가지 우에다 피우고 있는 꽃만큼이나 재미나긴 꽤나 재미난 이야깁지요.

* 『삼국사기』 권16, 「고구려본기」 4, '산상왕 12년' 참고.

일곱 겹으로 소나무 숲 만들아

어느 날, 죽은 고구려 고국원왕의 귀신이 한 무당의 귓가에 나타나 살짜기 속삭이기를—

"내 여편네가 나보다는 몽땅 더 오래 살다가 요새 죽었는데, 묻히는 걸 보니 내 무덤 옆이 아니고, 내 아우 산상왕의 왕릉 곁이군. 내 죽은 뒤에 육정肉情을 어찌 못해 다시 또 내 아우 산상의 아내가 된 것까지는 인증하네. 허지만 매사에는 선후가 있는 것인데, 저승에 와서까지 홋서방 곁으로만 다붙어 가다니? 어째서 일이 이래야만 한단 말인가? 챙피해서 낯바닥이 후끈거려 못 견디겠네. 빨리 대궐에 가 내 말씀을 전해서, 소나무 숲이나 한 일곱 겹 만들아 내 부끄러운 체면을 좀 가려 주라게! 남의 눈에 안 뜨이게 가려 주라게!"

—하였다는 바, 그 소나무 일곱 겹의 일곱 겹까지는 알 듯하지만서두, 나무도 하도나 많은 중에서 이 경우에 하필에 소나무는 또 웬 소나무라야 했는지 그것만은 아무래도 아리숭키만 하구랴.

* 『삼국사기』 권17, 「고구려본기」 5, '동천왕 8년' 참고.

백제의 피리

천지에 제사를 지내자는데
종이니, 북이니, 나팔
하고많은 악기를 두루 다 놓아 두고
고이왕은 하필이면 왜 피리를 골랐을까?
피리는 애인이 애인을 부르는 것만큼
외골수로 처량히는 간절키만 한 악기어니
울타리 사이하고 애인끼리나 불 일이지,
매사에 사私가 없는 천지에 대고
자기의 통사정만 늘어놓다니,
백제가 삼국통일을 못 해낸 원인도
바로 이 피리 가락에 있었던 것만 같도다.

* 『삼국사기』 권24, 「백제본기」 2, '고이왕 5년' 참고.

이름

—고구려 중천왕 때의 국무총리 명림어수의 자기 이름 소개

내 이름은 별 게 아니라
그저 잘하는 '양치질'이로다.
아침에 시내에서 세수를 하고
입에 물 머금어 하늘 높이 뿜기며
해돋이를 이빨로 깔깔대고 웃으면
그게 보기 좋다고 사람들이 붙인 이름이로다.
한자로 붙여 쓰자면, 그렇지 명림어수明臨於漱.
이보다 더 좋은 능력은 내겐 없지만
그렇지, 그래도 한 번은 국무총리도 됐노라.

* 『삼국사기』 권17, 「고구려본기」 5, '중천왕 3년' 참고.

애를 밸 때, 낳을 때

신라 상대上代 여자들 가운데는
밤에 어둔 밤길을 가다가
하늘에 별빛을 입으로 읃어먹고 와서
사내하고 같이 잠자리에 들어
애기를 배는 색시도 있었네.
그것 참 무척은 황홀해 좋았을 거야!

그래서 애기가 생겨날 때는
열 달 전에 읃어먹은 그 별 내음새가
창구멍이 빵빵 나게 풍겼다는데,
노고지리 한 천 마리 하늘 날아오르듯
이것도 참 매우 매우 씽그러웠을 거야!

* 『삼국사기』 권2, 「신라본기」 2, '유례왕 원년' 참고.

갈대에 보이는 핏방울 흔적

산갈대의 어느 것에 역력히 보이는
그 자릿한 핏방울의 흔적은
옛날에 우리 박제상 어룬이
일본에 사신 가서, 일본 신하 되라니까,
신라 개돼지가 차라리 더 좋다 하고,
두 발의 발밑 껍질 두루 다 벗기우고,
칼날 같은 갈대를 깔아 놓은 자리를
뼈 쓰리게 걸리울 때 배어든 것들이다.
아이들아.

그리고 여기 어리는 사모친 통곡 소리는
그 부인이 말을 타고 바닷가로 달려가서
멀리 일본 가는 남편의 배를 보다가
망부석이 되어 갈 때 터트리시던 것이고,

또 여기 보이는 치술신모님의 미소는
그 망부석이 다시 풀려 선녀가 되어
겨드랑에 자녀들 두루 끼리고

치술령에 오르실 때의 그분의 것이다.

내 아이들아.

* 『삼국사기』 권45, 「열전」 5, '박제상'·『삼국유사』 권1, '내물왕과 박제상' 참고.

신라 풍류 1

신라 사람들은 무엇이든 그들이 하는 일에 하늘의 빛을 섞어 하기를 좋아했습니다.

신라 제8대 아달라왕 때에 비단 옷감을 유난히 잘 짜던 연오와 세오 부부가 일본으로 가고 나니 신라의 햇빛이 한동안 흐려졌더라는 이얘기가 전해져 내려오고 있는 것도 다 그것을 말하고 있는 겝지요.

그 햇빛이 흐려지고 있는 걸 못 견디어서 일본으로 연오와 세오를 찾아가 그들이 주는 생명주 한 필을 받아다가 영일만에서 해 앞에 바쳐 놓고 제사했더니 겨우 하늘의 햇빛이 제대로 밝게 비치기 비롯했더라는 것도 물론 "하늘의 빛도 그걸 빛낼 만한 자의 빛낼 만한 일을 통해서만 우리한테 와 있는 것이라"는 단군 어른 때부터의 우리 풍류의 마음을 또 한번 잠시 번뜩 드러내 보이고 있는 것이고……

* 『삼국유사』 권1, '연오랑과 세오녀' 참고.

신라 풍류 2

신라 사람들은 또 그들이 하는 일 가운데 문득 하늘이 간섭해 오는 것을 느낄 때에는 언제나 그들의 하던 일의 자기 고집을 멈추고 제깍 그 하늘의 뜻 쪽을 따랐습니다. 그것이 꼭 어린애의 장난 같기만 한 경우에도……

다음을 한번 읽어 보시오—

"유례왕 15년에 인관과 서조라는 두 사내가 있어, 어느 날 장에 가서, 인관의 솜과 서조의 곡식을 맞바꾸아 집으로 돌아갔는데. 하늘을 날고 있던 인관네 집 매가 눈이 너무나 밝아서 서조네 집 툇마루에 자기네 집 솜뭉치가 놓여 있는 걸 보고, 내려가서 되루 채다가 저의 집에다 갖다 놓았다. 그래 인관이는 그 솜을 서조한테 갖다가 주고 "매가 그래서 미안타"고 했는데, 서조는 "매가 하늘하고 둘이서 그렇게 해 놓은 것을 어떻게 다시 돌려받느냐. 못 하겠다"고 했었다. 그래 둘이는 받으라느니, 못 받겠다느니, 옥신각신하다가, 마지막엔 그들이 맞바꾸았던 솜과 곡식 두 가지 다 등에 지고 다시 나가서 애초에 바꾸았던 장의 그 자리에다 갖다 놓았다."

이것이 바로 그것인데요.

하늘이 비록 한 마리 매를 시켜설망정 살짜기 끼여 들어오는 눈치만 보이면, 신라 풍류는 또 재빠르게 아조 잘 그 뜻을 따라 나아갔던 것이지요.

* 『삼국사절요』 권4 참고.

지대로왕 부부의 힘

신라 사람 지대로왕의 거시키의 길이는
거짓말 좀 보태서
한 자 하고 또 다섯 치는 너끈한지라.

산골에도, 들녘에도, 바닷가에도,
바닷속에 숨어 사는 어느 섬에도,
이 거시키 당할 만한 처녀가 없어
고시랑고시랑 걱정이던 중.

겨울날 어느 시골 고목나무 아래 보니
이것도 또 거짓말 조금 보태서
장고만 한 똥덩어릴 누가 누어 놨는데,
얼시구 덩더쿵 누가 누어 놨는데,
두 마리 똥개가
양쪽에서 물어 노나 먹고도 오히려 남는지라.

그만큼 한 똥을 눈 임자는 누구시냐고
구석구석 마을마다 물었더러니

쬐끄만한 계집애 하나가 나서서 말하기를
"보이소. 저기 저 집 색시입니더.
그 똥 옆에 개울이 하나 있지 안슙더이껴?
아조 이뿐 개울이, 얘,
거기서 빨래를 갖다 백 개도 더 해 놓고는
그 옆 수풀에 들어가 누어 논 게 아닌기요?"
천연스레 본 대로 대답하고 있는지라.

그 똥 누신 임자 찾아 짝을 지어서
사상思想을 하는 힘도 매우나 좋은
법흥왕 같은 왕도 하나 낳았다는 얘긴데,
덩그랗게 덩그랗게 낳았다는 얘긴데,

어쩔는지, 몰라.
어찌 이 유력有力을 갖다 누가 무시할 수 있을는지?
유력이사 어디 가건 유력인 것이어늘……

* 『삼국유사』 권1, '지대로왕' 참고.

이차돈의 목 베기 놀이

야소 · 기독의 몸이 십자가에 못 박혀 죽어서 그 마음의 힘을 무한대히 늘여 야소교를 세운 효과와, 이차돈이 "내 목을 쳐 보이소" 자원해 숨넘어가서 마음적으로 간절히 살아남아 그 효력으로 신라에 불교가 있게 한 것은 결과로 보아선 많이 닮았소.

그러나 그 육신의 죽음까지의 작태는 매우 다른 것이니, 야소 쪽 이야기는 대단히 처참하고 처량하고 또 아픈 데가 있는 데 반하여, 이차돈 쪽은 그게 그렇지 않고 순전히 어린아이의 한때의 무슨 놀이와도 같아서 적당히 웃기기도 하면서 아조 연한 배나 먹듯이 사운사운 그것이 진행된 점이오.

그렇기 때문에, 야소나 이차돈이나 죽도록 피야 다 흘렸었지만, 이차돈의 피에서만큼은 그 왈칵한 피비린내도 나지를 않고 그저 어린애들이 꿀컥꿀컥 마시는 그 어머니의 젖내음새 같은 것만 벙그레히 풍겨나고 있는 것이오.

* 『삼국사기』 권4, 「신라본기」 4, '법흥왕'·『삼국유사』 권3, '원종이 불법을 일으키고 염촉이 몸을 바치다' 참고.

신라의 연애상戀愛賞

—진흥왕의 말씀

총각 처녀가 사랑을 하거들랑,

처녀의 부모가 딴 맘을 먹고

혹시 딴 데로 시집을 보내드래도

총각은 쫓아가서 기어코 찾아내

재빠르게 함께 자알 뺑소닐 쳐라.

그러면 짐은 너희들에게

백작 벼슬을 하나 상으로 주리라.

그러고 또 누구든지

이들의 뺑소닐 도와 같이 가다가

혹시나 깡패를 만나 위험하게 됐을 때

이들을 잘 지켜 무사하게만 해줄라치면

그 사람한테두 짐은 또한

백작 벼슬 하나를 덤으로 얹어 주리라.

* 『삼국사절요』 권6 참고.

* 신라 진흥왕 37년에 백운, 제후 두 연인과 그들의 도피를 도와 깡패의 습격을 막아 낸 김천, 세 사람이 그 사랑을 지켜 낸 이유로 왕한테서 3급의 작—즉 요새 이름이라면 백작을 수여 받은 사실이 있음.

황룡사 큰 부처님상이 되기까지

부처님이거나, 보살이거나, 시詩거나, 또 무엇이거나, 영원히 놓아 두고 보고 싶은 예술품을 만들다가 신통찮으면 신통하게 만들 수 있는 사람을 찾아 넘겨줘야지, 신통찮은 그대로 어리무던하게 만들고 있지 마라. 절대로 절대로 그래서는 안 된다.

차라리 그 쇠붙이라던지 금이라던지 하는 그 재료들을 단단한 배에 실어 돛을 달아서 머언먼 시간과 공간 우에 띄워 보내라. 그리하여 이 배는 여러 백 년 여러 천 년을 이 땅 우의 윈갖 나라를 표착하며 돌면서, 마침내는 그 어디메 한 군데서 가장 적합한 창조의 예술가를 만나 비로소 그 아조 신통한 모습을 차지하게 될 것이다.

신라 황룡사의 큰 부처님 조상彫像의 재료들이 인도에서 '만들다 잘 안 되건 딴 데로 보내시오' 하는 쪽지와 함께 배에 실려 먼 바닷길을 떠나, 이 땅 우의 윈갖 나라의 예술가를 찾아헤매 돌다가, 일천하고도 삼백여 년이 지낸 뒤에사 신라에 와 비로소 그 임자를 만나 창작되어 놓이듯이……

* 『삼국유사』 권3, '황룡사의 장륙존상' 참고.

신라 사람들의 미래통

신라 사람들은 백년이나 천년 만년 억만년 뒤의 미래에 살 것들 중에 그중 좋은 것들을 그 미래에서 앞당겨 끄집어내 가지고 눈앞에 보고 즐기고 지내는 묘한 습관을 가졌었습니다.

미륵불이라면 그건 과거나 현재의 부처님이 아니라 먼 미래에 나타나기로 예언만 되어 있는 부처님이신 건데, 신라 사람들은 이분까지도 그 머나먼 미래에서 앞당겨 끌어내서, 눈앞에 두고 살았습지요.

진지왕 때의 중 진자 스님은 경주에서 충청도 공주로 열흘 동안을 걸어가면서 "미륵 부처님 나타납소사" 한 걸음에 한 번씩 빌고 절하고 갔더니 공주 수원사 절 문간에서 그 눈매 휘영청한 진짜 미륵을 만났었다고 하고. 진지왕더러 물으면 "이뿌더라. 아주 이뻐. 예의 좋고, 화목 잘하고, 풍류 썩 좋고." 그래서 7년간이나 곁에 화랑으로 놓아 두었다고 하기도 해요.

여기 말한 풍류란 물론 딴 나라에서 온 사상이 아니라 우리 단군 할아버지 때부터의 그것인 건데, 이게 그 얼마나 좋아서 미래에다까지 쑤욱 밀어 넣어 놓았는지 그것도 묘하고, 또 길거리의 나무들만큼은 이 미래인을 알아본다니 그것도 참 묘하지요. 허기는 나무의 푸른 잎들이사 과거 회고적이기보다 많이 미래 지향적인 것 같기는 하지만서두……

* 『삼국유사』 권3, '미륵선화, 미시랑, 진자사' 참고.

바보 온달 대형의 죽엄을 보고

고구려 평강왕의 사위 바보 온달 대형의 죽엄을 글로 보고 있다가 나는 문득 한 가지 크게 깨달은 게 있노라. 그것은 사내가 무슨 약속을 하고 한 가지 일을 하고 있다가 마침내 못 이루고 마는 한이 있더래도, 하던 그 일감만큼은 단단히 붙잡고 늘어져 있으라는 것이노라. 비록 죽엄에 드는 한이 있더래도 손아귀에 그냥 그대로 걸머쥔 채로 저승으로도 들어가 버리라는 것이노라. 고구려 양강왕 때, 신라에 뺏긴 땅을 되찾으러 나설 때 "되루 찾지 못하면 돌아오지 안캈이요." 약속하고 출전했던 우리 바보 온달 대형이 신라병의 화살에 맞아 그만 숨이 넘어가면서도, 어디 무엇을 걸머쥐고 늘어진 것인지, 영 그 시체가 땅에서 잘 떨어지지 않더라는 역사책의 그 이야기를 보고, 그래야만 그게 가장 영리하게 손해를 덜 보는 일이라는 걸 얼추 알게 되었노라. 그래야만 이승에서건 저승에서건 그 착수권만큼이라도 확실히 이 온달 대형 그한테 귀속되는 것일 테니까……

* 『삼국사기』 권45, 「열전」 5 참고.
* 대형大兄은 고구려 관직명.

원광 스님의 고 여우

66세의 나 미당未堂은
쬐금 전까지도
여우까지 사랑할 생각은
감히 내지를 못하고 있었는데,
오늘 삼국유사에서 원광 스님 애기를 읽다가
비로소 그분의 생각을 따라
고 여우까지도 인젠 이뻐해 줄 마음을 내본다.

여우 여우 고 여우
잔꾀 많은 고 여우
속여 먹기도 잘하는 고 여우는
그래도 웬만큼은 도통도 할 줄도 알아
고걸로 원광 스님 같은 이를
당나라 유학까지도 시켜 주었었나니,

고놈의 여우의 고 요망한 꾀들도
사알살 잘만 부려 쓴다면
얼추는 쓸모 있는 방편일 수도 있겠나니,

이 세상에 그리도 많은 고 여우들을
멀리 버려만 두어선 무엇하리요?
고 여우의 도통력도 가끔 빌어 쓰면서
원광같이 고로코롬 사는 게 좋겠다고 생각해 본다.

* 『삼국유사』 권4, '원광이 서쪽에 유학 가다' 참고.

검군

대흉년이 들어서
왕궁 창고의 고지기들이
왕궁 창고의 곡식들을 훔쳐 내
남몰래 나눠 먹는 판국이 되었는데,

깨끗한 우리 검군劒君 혼자만큼은
"그거사 못 먹겠다" 혼자만 빠졌다가,
비밀 탄로의 염려 있다고
암살 대상이 되어 버렸네.
감쪽같이는 되어 버렸네.

그래서 패거리들은 한 상 잘 차리고
우리 검군 청해서 독을 타 먹였는데,
검군은 그걸 알고도 받아먹고 죽었네.
비밀 탄로 안 시키고 받아먹고 죽었네.

무슨 인생이 그렇게도 헐값이냐고?
아닐세. 그건 헐값이 아니라

하늘 값과 해 값을 함께 합쳐 계산한

신라 화랑의 본전—

단군 이래의 풍류의 그 멋 때문이었다네.

* 『삼국사기』 권48, 「열전」 8 참고.

혜현의 정적의 빛깔

혜현은 세상 시끄러운 것이 싫어서 산속 절간으로 들어가 중노릇을 하게 되었는데, 재주가 있어 불경을 잘 배우다 보니 드디어는 그 불경 교수라는 게 되어서, 이걸 하다 보니 이것도 또 무척은 시끄러운 것이 되어 버리고 말았습니다. 하여, 아무도 없는 골짜기의 동굴 속으로 들어가서 발 개고 앉아 온전한 정적靜寂의 수준에서만 마음을 내어 가지며 말없이 살게 되었는데, 비로소 그건 대단히 빈틈없는 것이 되어서, 호랑이가 가끔 들여다보아도 어디에도 이빨 댈 만한 곳은 전혀 보이지를 안했습니다.

이렇게 해 여러 해가 지나간 뒤에, 혜현이의 마음은 들이쉬고 내쉬던 그 숨결마자를 거두어 말갛게 하늘로 들어가 버리고, 비로소 호랑이는 그 몸에 이빨을 대어 집어세게 되었는데, 촉루 속의 혓바닥만은 마자 잘라 먹지 못하고 그대로 남겼더니, 이건 언어 공해를 말끔히 다 씻어 버린 진하게 맑은 꽃빛 그대로인 것이라, 오래오래 그 빛을 쏘아 굴 안을 붉으스레 빛내 물들이고 있었습니다.

* 『삼국유사』 권5, '혜현이 고요함을 구하다' 참고.
* 혜현은 백제의 승려.

지귀와 선덕여왕의 염사艶史

선덕여왕이 이쁜 데에 반해서
지귀라는 쌍사내가 말라 간단 말을 듣고
여왕께서 "절간에서 만나자" 하신 건
그것은 열 번이나 잘하신 일이지.
그래서 지귀가 먼저 절간으로 와
기대리다 돌탑 기대 잠이 든 것도
데이트꾼으로선 좀 멍청키야 하지만
대인大人 기질을 높이 사 봐주기라면
그 또한 백배는 잘한 일이고,
늦게야 절간에 오신 선덕여왕이
이 지귀의 이 대인 기질을 살며시 이해해서
마음속이 엔간히는 흐뭇해져 가지고
그 팔에 낀 팔찌를 가만히 벗어
그 지귀의 잠든 가슴에 얹어 준 것도
천 번이나 만 번이나 잘하신 일이지.

그런데 잠에서 깨어난 고 지귀가
제 가슴에 놓인 고 여왕의 팔찔 알아보고

발끈 지랄하여 불이 터져 나자빠지다니?!
"실력인 줄 알았더니 자발없는 것이라"고
여왕께선 오죽이나 섭섭했겠나?
데이트꾼들 이것만큼은 주의해야 할 일이라고.

* 『대동운부군옥』 권8, '심화요탑' 참고.

신라 유가儒家의 제일 문사 강수 선생 소전

깡수는 쪄끄만 귀족집 청년이지만
마음이사 귀족인 것보다 행결 더 힘이 세어
애인일랑 쌍놈의 철공장집 딸을 골라
남몰래 풀섶에서 야합하고 지내다가
남들의 손가락질 본체만체하구서
조강지처로 맞아들였던 자로,
글도 또한 그만큼 한 힘이 있어서
그가 글을 쓰고 있으면 그 압력으로
일월 같은 이쁜 혹이 하나
하늘가에 꼼짝없이 새로 돋아날 만도 했더라.
우리 문무대왕께서도 칭찬하셨듯이,
대국 당나라의 황제 폐하도
깡수의 편지만은 거절하지를 못했더라.
그가 죽은 뒤에 마누라만 남았을 때
왕은 뒷바라지를 하겠다고 나섰는데,
그네는 쌀 한 톨도 받지를 않고
그 힘센 가난 속으로 그저 물러섰다는 바,
이 역시나 깡수 문장의 여력인가 하노메라.

* 『삼국사기』 권46, 「열전」 6 참고.

김유신 장군 1

말과 사람이 함께 얼어 쿵쿵 나자빠지는
혹독한 치위 속의 어느 겨울날,
고구려 평양으로 가는 험한 산길에서
신라 최고의 군사령관 김유신은
한 사람의 치중병 보졸이 되어
맨 앞에서 군량미를 이끌어 가고 있었다.
팔뚝을 걷어 어깨까지 드러내고,
땀 흘리며 땀 흘리며 끌고 가고 있었다.

그래서 팔심이 더 세기로야
호랑이 꼬리를 잡아 땅에 메쳐서 죽인
김알천을 신라 최고로 쳤지만,
그런 김알천의 그런 힘까지도
김유신 장군의 힘에다가 비기면
젖비린내 나는 거라고 신라 사람들은 간주했었다.

* 『삼국유사』 권1, '진덕왕'·『삼국사기』 권42, 「열전」 2, '김유신' 참고.

김유신 장군 2

신라가 당군唐軍의 후원을 얻어
백제를 정복하고 있노라니까
당군은 어느 사이 두 마음을 먹구서
신라까지 쳐부셔 보자 쑥덕이고 있는지라,
태종이 "어쩔 건가?" 유신더러 물으니
유신은 단숨에 대답하고 있었다—
"개는 주인을 잘 따르지만
주인이 그 발목까지 밟으면
성내서 그 주인도 무는 겁니다.
개도 그렇건대, 우린 말짱한 사람입네다.
싸웁시다. 싸워서 이겨 냅시다."
그래서 당장唐將 소정방이도 이 기운에 기겁해
그대로 돌아가서 당황제에게 아뢰었다—
"신라에 지금처럼 신하와 왕이 살아 있는 한
우리 뜻대로는 절대로 안 되옵니다!
절대로 절대로 절대로 안 되옵니다!"

* 『삼국사기』 권42, 「열전」 2, '김유신' 참고.

대나무 통 속에다 넣어 둔 애인의 넋에

—그 통을 가진 어느 황해黃海가 출신의 사내가 말하기를

제 목숨처럼 사랑하던 여자가 그만 꼴깍 숨넘어가 죽으면, 그 숨결일랑 어디에다가 담아 가지고 다니는 게 그중 좋으료? 깨끗한 남녘 시골의 밋밋한 대수풀의 큰 대나무의 그 대나무 통 속에다 담아 가지고 다니는 게 좋지 안하료? 그 대나무 통을 가슴에다 꾸리고 헤매다니며 가끔가끔은 수다스런 사람들이 안 보일 때에 그 대나무 통 속의 그 애인의 숨결을 불러내서 이얘기하고 이얘기하는 게 좋지 안하료? 혹시라도 이런 비밀도 지켜 줄 줄도 아는 김유신 장군 같은 사람이나 만나거들랑 그런 사람의 집에선 일숙박一宿泊도 하여 가며, 애인아! 동해 바닷속에서 내가 건져 낸 듯이 동해 바닷가에서 만나 살던 애인아! 서쪽으로 서쪽으로 내 고향으로 가면서 요로코롬 가는 것이 좋지 않으료?

* 『대동운부군옥』 권9, '죽통미녀설화' 참고.
* 원문에 보이는 죽통 속의 여자의 넋의 수는 2인으로 되어 있지만, 하나라야만 할 것 같아, 이건 내가 고쳐서 썼다.

태종무열왕 김춘추가 꾸던 꿈

태종무열왕 김춘추가 어느 날 밤에 꿈을 꾸니까, 황산벌에서 백제하고 싸울 때 전사한 화랑 장춘랑하고 파랑 두 녀석이 나타나 푹푹거리기를 "우리는 죽은 뒤에도 넋으로는 살아남을 힘이 있어서 그 뒤 어느 싸움에도 게으르지는 않고 부지런히 둘이서 앞장서고 다녔습니다. 그런데 또 요즘의 백제와의 싸움에 우리 응원군으로 와 있는 당나라 병정들의 우두머리 소정방이라는 놈—그놈은 어디서 무엇이나 공부하고 지내던 놈입니껴? 건방지게는스리 우리보고 뒤켠으로 물러나라니, 그 놈이 무슨 형이상학 감각이라도 쬐끔치라도 있는 놈입니껴? 대왕께서 되게 말씀해 앞으로는 절대로 그리 못 하게 하여 주이소" 하는지라, 태종은 그 꿈에서 깨어나자 바로 진종일을 모산정이란 정자에서 불경을 읽어 그 두 넋을 위로하고, 또 그들이 무척 장하다고 장의사壯義寺라는 절간도 하나 지어 놓았다는 바, 꿈과 생시를 이렇게 똑같이 다루는 것은 똑같이 안 다루는 것보다는 비교도 안 되게 나은 것만 같아, 여기 이걸 강조해 적어 두노라.

* 『삼국유사』 권1, '장춘랑·파랑' 참고.

우리 문무대황제 폐하의 호국룡에 대한 소감

삼국을 통일하여 대신라를 세우고 나니
뱃살이 꼴려서 지랄이었는지
당나라가 의리도 없이 또 배신하고 침략해 와서
뭍에서건 바다에서건 요것도 다 물리치시고
싸워서 이긴 가장 큰 천자가 되신
우리 문무대황제 김법민 폐하시여!
당신 생전의 친구 지의 스님 말씀 아니라도
그 황제 위位의 지고한 자리 어찌하고
고르고 골라 흉악한 짐승 —용이나 되겠다고 하셨나이까?
죽은 뒤엔 용이 되야 이 나라 지키겠다고 맹세하셨나이까?

사람이 소원하면 용도 된다는 신앙이사
우리에겐 이젠 그저 희부옇기만 하지만,
지금도
감포 바닷속의 당신의 대왕암 묘지 앞에 서면
지금도 당신 몸의 용비늘 싸그락이는 소리
공기 속에 첩첩이 쌓이는 듯만 싶어
그냥 두고 견딜 길은 거의 없사옵니다.

이 나라의 역사에서뿐만이 아니라
윈 하눌 밑의 사람들의 역사 속에서도
가장 힘센 황제이고 장군이면서
가장 힘센 쫄병이기도 하셨던 이여!
가장 독하고 사나운 짐승—
용이기까지도 하신 분이여!
영원마자 이 나라에서 무너지는 날만 없다면
당신의 그 극성스런 조국 수호의
용비늘 싸각싸각 싸각이고 있는 소리
우리는 언제나 하늘가에 들으리이다.

* 『삼국유사』 권2·『삼국사기』, 「신라본기」, '문무대왕' 참고.

삼국 통일의 후렴

우리 이웃나라 일본이
그 일본이란 이름을
처음 쓰기 비롯한 것은
그들의 천지천황 9년 때 일이니
이건 우리 문무황제 10년 때로
삼국 통일한 지 얼마 안 되어서의 일이라,
내 생각 같아서는
그 신라 통일의 욱일승천지세旭日昇天之勢가
너무나 시새워설랑, 그 후렴으로
고로코롬 '일본日本'이라고
새로 붙인 것만 같도다.
단군 때부터의 우리 국호 속에는
그 '일본'이란 뜻은
언제나 속에 들어 있었으니깐두루.

제3부
통일신라시대 편

만파식적이란 피리가 생겨나는 이야기(소창극)

신문대왕神文大王

(동해 바닷가에서)

"죽어서도 이 나라를 길이 지켜 내자면

챙피치만 비늘 돋힌 용이라도 돼야겠다.

내 죽으면 바다에서 하늘까지 뻗치는

호국룡이 될 것이니 바닷속에 묻어 놔라."

내 아버님 문무대왕 말씀하신 꼭 그대로

바다에 묻은 지도 많은 해가 바뀌어서

학두루미도 여러 직을 새끼들을 까 놨는데,

바다에선 여직까지 새 기별이 안 오느냐?

아니라면 우리 눈이 흐려지고 만 것이냐?

해군 제독 박숙청

저기 저기 바다 쪽을 살피어 보옵소서.

제 눈에는 분명하게 동해의 섬 하나가

더는 이상 못 참겠다 몸부림을 쳐대면서

문무황제 폐하의 감은사를 향하여

유유히 떠오는 게 아주 잘 보이나이다.

돌아오는 어선처럼 희희낙락 오는 것이
거울 같은 마음눈에 비쳐 보이나이다.

신문대왕

하늘의 일, 땅의 일과, 이승 저승 모든 일을
누구보다 잘 본다는 일관日官아 나오너라.
그대 맑은 만리안萬里眼엔 무에 시방 보이는고?

일관 김춘질

예에 폐하. 여러 겹겹 마음눈으로 보아 하니
문무황제 폐하께선 그 생전의 소원대로
우람하게 날개 돋은 호국룡이 되어 계시고,
그 옆에는 김유신 장군께서 서 계신데
김 장군은 삼십삼천 왕자님이 되셨군요.
둘이 만나 이 나라를 고시랑고시랑
이마 맞대 걱정타가 무릎들을 치시더니
무엇인지 별난 선물을 준비하고 계시네요.
앞으로 나아가사 받으실 채비하옵소서.

신문대왕

(동해 바닷가의 감은사 이견대에 올라, 해군 제독 박숙청이 "떠오고 있는 게 마음눈에 보인다"고 한 그 섬을 바래보고 있다가 한 사신을 보내 그 섬을 탐색케 한다.)

사신

(드디어 그 섬의 탐색을 끝내고 돌아와서 신문대왕께 보고하기를)

저 섬이 생기기는 자라 모가지 같사온대

거기서 대나무 하나가 자라나 있습더이다.

그런데 낮이때는 두 개로 보이다가

밤이면 한 나무로 합해져서 지냅더이다.

소신의 마음눈은 꼭 그렇게 보았으니

그 까닭은 폐하께서 직접 가시어 아옵소서.

신문대왕

(바다를 배로 건네 그 섬엘 들어가니, 숨었던 용이 하나 나와서 맞이하고 있는지라.)

이 섬에 대나무는 낮에는 두 개였다가
밤이 되면 포개어져 하나만이 된다 하니
그 무슨 이치인가, 어서 좀 말해 보게.

용

손바닥을 마주 쳐서 소리를 내잡시면
한 손바닥만으로는 절대로 안 되옵고
두 손을 마주 쳐야 되는 이치이올시다.
문무대왕님과 김유신 장군님이
두 손의 손뼉처럼 신라 통일 이루시고
인제는 그 넋 담아 이 합죽이 되었니다.
폐하시여. 이 합죽으로 피리를 만드시와
이 뜻을 그 가락에 고이 담아 전하시면
신라는 영원토록 살아서만 가오리이다.

신문대왕

(그 합죽의 피리 '만파식적'이 만들아졌을 때, 그걸 지긋이 불어 보고 있다가)

여보게 천리안의 해군 제독 박숙청이.

여보게 만리안의 밝은 일관 김춘질이.

자네들 마음눈은 하늘눈 그대로고,

다정하고 다정키는 지옥보다 훨씬 깊어

이 어려운 피리를 다 찾아내서 만들았네.

두고두고 눈이 맑고 다정한 자손 길러 내서

내 아버님 문무왕과 김유신의 손뼉 소릴

길이길이 이 피리에서 듣고 살게 하여 주게.

*『삼국유사』 권2, '만파식적' 참고.

만파식적의 피리 소리가 긴히 쓰인 이야기

신라 효소왕 때의 화랑 부례는 금강산으로 놀러갔다가 강도 유괴범에게 납치되어 대조라니大烏羅尼의 들녘에서 소와 말치기의 목동 신세가 되어 겨우 살고 있었는데, 어느 유난히 맑게 개인 날, 하늘의 흰 구름장 속에서는 저 신라의 국보 만파식적의 피리 소리가 울려 퍼져 나와, 한정 없이 깊은 정과 더없는 용기를 북돋아 주고 있는 것같이 부례는 느꼈습니다.

그래, 아조 날래고도 용감하게, 또 아조 영리하게 이곳 대조라니의 들녘을 빠져나와, 어디로 도망쳐 다니다가, 드디어 문득 어떤 절간에 들어서게 되었는데, 여기는 백률사라는 절로, 때마침 또 여기서는 아들 부례를 잃은 그의 부모가 관음보살님 앞에 자식의 귀환을 비는 기도를 올리고 있는 판이었습니다.

부례가 그의 부모를 만난 뒤에 고백한 걸 들으면, 그는 여기까지 도망쳐 오는 동안 그 만파식적의 피리 소리를 마치 어린애들이 타는 죽마처럼 타고 왔다고 하고 있는데, 그렇다면 이 대나무 피리의 곡조에는 그걸 타고 날아 다닐 수 있는 비천마와 같은 힘도 겸해 있었던 모양이지요.

* 『삼국유사』 권3, '백률사' 참고.

만파식적의 합죽 얘기에서 전주 합죽선이 생겨난 이야기

전주에서 요새도
관광객 선물용으로 더러 만들어 내는
그 합죽선合竹扇의 합죽의 의미도
물론 만파식적의
그 문무왕과 김유신의 혼의 합죽의
그 합죽입지요.
무슨 다른 합죽이
이 나라에 어디메에 따로 또 있는가요?
그렇지만, 물론
이 합죽선이라는 것은
저 만파식적의 합죽의 순 후렴으로써
전라도에 와서는 할랑할랑
손으로 들고 부쳐서
저 단군의 풍류의 바람을 갖다가
잘 일으켜야만 할 것이 되어 있었습지요.

원효가 겪은 일 중의 한 가지

신라 서울의 만선북리萬善北里에서 과부가 애를 배 낳아 놓았는데, 열두 살이 되도록 말도 못 하고, 일어나서 앉지도 못 하고, 배 깔고 살살 기기만 하는지라, '뱀새끼'란 이름이 붙었었습니다. "사내에 굶주리다 못 해설라문 뱀을 붙어서 낳은 것이다"는 소문도 수상하게 퍼지굽시요. 그러다가 그 어미는 어느 날 숨이 넘어가 이승을 뜨고, 뱀새끼만 호올로 남았습니다.

아무도 이 뱀새끼를 찾는 이가 없는데, 원효만이 가만히 찾아가서 인사를 하니, 그 뱀새끼가 엎드려서 뇌까리는 말이,

"내나 니나 전생에선 불경책을 등에 싣고 다니던 암소였는데, 나는 인제 망해 버렸다. 나하고 같이 우리 엄마 장례나 지내 줄래?" 하는 것이었습니다.

원효가 "그러자"고 하고, 그 죽은 어미에게 보살계를 준 뒤에

"목숨이 없음이여, 죽엄은 괴롭구나! 죽엄이 없음이여, 그 목숨도 괴롭구나!" 축祝을 지어 읊노라니

"얘. 그건 복잡하다. '죽고 사는 건 괴롭다'고 간단히 해라." 한마디 대꾸하기도 하는 것이었습니다.

원효가 "지혜 있는 호랑이는 지혜 있는 수풀에다 묻는 것이라는데" 어쩌고 재주 있는 소리를 한마디 또 해 보니까,

"석가모니처럼 우리도 열반에나 드는 것이 그중 좋겠다" 하고 그 어디 돋아난 갈대를 뿌리째 뽑았는데, 그 뽑힌 자리를 보니 거기는 휑한 구렁이어서 그 속으로 뱀새끼는 그 죽은 어미를 업고 사르르르 기어들어가 버리고 말았습니다. 그 구먹도 드디어는 평퍼짐히 메꾸아져 버리굽시요. 아무 일도 없었던 듯 아조 평안히 메꾸아져 버리굽시요.

* 『삼국유사』 권4, '사복이 말을 못하다' 참고.

의상의 생과 사

강원도 양양군의 낙산사 바닷가엘 가면, 옛날 신라 때에 의상 스님이 자살하려고 뛰어내렸었다는 낭떠러지의 바위가 천야만야 하늘 높이 솟아 서 있지.

"죽어 버리자!"고 뛰어내리노라니까, 관세음보살님이 이걸 살려 내려고 지키고 있다가 안 다치게 잘 받아 냈다는 바다 위의 이야기가 그 낭떠러지 아래 또 꿈틀거리고 있지.

그러니까 이런 이야기는 두 개를 다 포개 보면 결국 무슨 이얘긴가?

"에에잇! 빌어먹을 놈의 것! 물에 빠져 죽어나 버리자!"고 작정한 건 고 낭떠러지에서 마악 뛰어내릴 때의 느낌이었지만, 그게 좋은 공중을 뛰어내려 가는 동안에 그 느낌에 아조 빠른 변화가 와서, 물에 빠져도 몸을 다치지 않을 만큼, 일테면 차린 다이빙의 균형 있는 낙하 쪽으로 바꾸아지며 "야! 역시나 사는 것이 제일 꽃다운 일이다!" 새로운 작정이 또 섰던 것이지. 앞으로 새로 필 꽃기운들이 그 공중에 모두 깃들여 있는 것이라든지 그런 것도 뼛속에 닿게 셈하고 느끼면서 말씀이지.

그러구서 바닷물에 잠겨서는 뭐 개구리헤엄 같은 거라도 치면서 치면서 언덕으로 그럭저럭 다시 깁더 올랐었겠지.

아마도 이 경험 때문이었을 것이다. 그가 뒤에 황복사에서 중들하고 함께 탑돌이를 할 때에도 "탑돌이는 땅을 도는 게 아니라, 하늘을 아조 자알 날아 도는 것이다"고 넌즛하게 말씀하고 있었던 것은……

* 『삼국유사』 권3, '낙산사의 관음, 정취 두 보살과 조신'·『삼국유사』 권4, '의상이 화엄종을 전하다' 참고.

신라 최후의 성인 표훈 대덕

그 양근陽根의 기럭지가 여덟 치나 되는 데다가, 아무리 마누라를 갈아들여 보아도 아이는 영 없어, 고민 고민하고 있던 신라 경덕대왕이 어느 날 우리 표훈 큰스님더러 간절히 부탁키를

"보시오 표훈 스님. 당신은 하늘의 옥황상제하고도 친분이 두터운 사이니 한번 올라가시어 특별히 찜을 대서, 우리 왕비 만월이가 애 하나만 낳게 해 봐 주구라" 했다는 소문은 아무래도 그게 수상키는 수상하거던.

애기를 낳자면 그 능력 있는 사내가 없어서는 안 되는 건데, 자기는 그 능력이 통 없으면서 표훈더러 이렇게 사정사정하다니, 어느 모로 생각해 보아도 이것만큼은 수상하거던.

표훈이 하늘에 가 그의 친구 옥황상제를 만나 보고 돌아와서

"딸이라면 하나 특별히 점지할 수도 있지만

이걸 아들로 고쳐 달라면 골치올시다.

아들로 고쳐 태어난다 하여도

못생긴 계집애같이만 놀아먹을 거니까……"

옥황상제의 말씀이라고 전했다는 이것은 더구나 많이 수상하거던.

이리 되면 어차피 차작借作의 이 아이가 아들이건 딸이건, 못났건 잘났건, 표훈에게 탓은 돌아오지 않을 것이고, 또 표훈 대덕께서 신라 최

후의 성인이라는 것이사 누구보고 물어보아도 틀림없는 사실이니까니……

*『삼국유사』 권2, '경덕왕, 충담사, 표훈 대덕' 참고.

천하복인 경문왕 김응렴 씨

"높은 사람일수록이 나지막이 앉아 놀고,
가진 사람일수록이 수수하게 입고 놀고,
세력자일수록이 으시대지를 말고"
우리 총각 김응렴 군의 말씀은 겨우 이것이었는데두
무자식한 헌안대왕께서는 너무나 많이 감동하시어
눈물까지 떨구시며
"내 딸을 그만 맡아라" 하셨다니
천하복인이사 정말이지 김응렴 군이지.
헌안왕의 두 딸 중에선 둘째가 미인인데
능청맞게 그 미인을 달라고 않고
추녀 큰 공주를 꾀로 지망해서
용상을 덩그랗게 물려받은 다음엔
왕권으로 둘째까지 첩으로 거느렸나니,
슬기도 이만하면 쓸 만했었지.

그런데 그 대복大福은 어찌되는 것인지,
천하복인 경문왕 김응렴 씨는
뱃살에다가 간지람 먹이는 걸 너무나 좋아해서

밤에는 실뱀들을 배 우에 올려놓고
슬슬 기면 킥킥킥킥 좋아 웃고 지냈는데,

그 두 귀는 당나귀의 귓바퀴처럼
쫑긋이 쫑긋이만 길게 솟아 있어서
복두로 그것들을 대충 숨기고 지내던 중,
그걸 아는 내시는 매양 쉬쉬하면서
그 비밀을 기어코만 말하고 싶으면
대수풀에 입을 대고 소근거려 댔었지—.
"우리 왕의 두 귀는 당나귀 귀다"고……

* 『삼국사기』, 「신라본기」, '경문왕'·『삼국유사』 권2, '제48대 경문대왕' 참고.

저 거시기

우리가 일상을 살아가면서
서로 주고 또 받는 말씀 가운데
무언지 말문이 막히고 말면
항용으로 누구나 허물없이 쓰는 말—
"저, 거시기…… 저, 거시기……"
그것이 있지?
누구나 맛 붙여서 오래 두고 써 온 말—
"저, 거시기…… 저, 거시기……"
그것이 있지?

'거시기[居尸知]'는 신라의 진성여왕 때
사실로 살아서 숨 쉬고 있던
정말로 따분한 총각이었네.
팔자가 제일 흉한 총각이었네.
수투룸하지만 활도 잘 쏘고
성명 석 자도 쓸 줄도 알았는데
똥구녁이 다 말라서 찢어질 만큼
너무나 너무나도 가난했었네.

그래서 대국의 당나라에로
챙피하게 조공을 바치러 가는 배에
호위병을 지망해 한몫 끼어 갔는데,
그래서라도 목구먹에 풀칠하며 갔는데,

팔자 사나운 놈은 독에 들어가도 못 피한다고
때마침 바다에는 태풍이 몰아쳐서
그 배는 밀려가다 외딴 섬에 닿았지.

"용왕님이 노하셔서 이래 싸시니
한 놈은 희생으로 여기 두고 가야 해!"
선장의 명령으로 그 한 놈을 제비뽑는데
재수도 지지리는 못 타고 난 놈
우리 거시기가 거기 또 뽑혔지.

운수 좋은 사람들이 배 타고 떠난 뒤에
거시기만 혼자서 먼정다리같이 섰는데

머리가 하아얀 할애비가 와 말씀키를—

"너를 집어 먹자는 건 용왕이 아니라

늙은 여우가 둔갑해 된 마왕이니라.

이 몸은 사실은 남해 용왕이지만

동해에서 호국룡 된 문무대왕님께는

나도 한 부하의 신분에 있는 터라,

딴 배포를 가지는 좌파는 아니다.

그런데 근일에 그 마왕놈이

우리 식구는 모조리 다 잡아먹고

시방은 나하고 막내딸 하나만 남았다.

하루에 하나씩을 잡아먹으니

내일모레까지면 우리는 없고,

그 다음 날은 할 수 없이 네 차례가 될 것이다.

어떻냐? 너는 활을 아조 잘 쏜다면서?

이판사판 한바탕 겨뤄 보지 않겠니?"

앞뒤를 다 터놓고 말씀하는 거였네.

험상스런 팔자에는 매양 붙어 다니는

구사일생 신세에나 또 한차례 놓였지.

그래선데, 거시기가 곰곰 생각해 보니
제아무리 죽을 판에도 의리는 있어야는 거라
할애비의 부녀를 그대로는 둘 수 없어
이튿날은 새벽부터 활을 메고 나섰는데,
어디선지 웅얼웅얼 주문 외는 소리가 나더니
흑심에 철갑을 두른 마왕은 드디어 나타났네.
화살이 가 꽂힐 구멍은 하나도 안 보였네.

그렇지만 이런 경우엔 어떻게 하지?
젖먹이 때 기른 힘은 어디다 아껴 두고,
배내기 때 먹은 힘은 어디에다 놓아두나?
거시기도 그래도 그것은 알고
"어디 한번 살고 보자! 살고 보자!"고
그 여우의 염통을 향해 활을 당겼네.

그러신데 이 세상엔 땡도 있긴 있는 것이야.
굼벵이도 어찌다간 딩구는 재주가 있다고

거시기가 쏜 화살이 애앵 날아가더니
꼭 거짓말같이만 고 여우의 염통을 가 맞췄네.
이거야 정말 천지가 또 한번 개벽해 볼 일이지.

그래설라문 잔 사설은 다 빼고
왜 그 남해 용왕 할애비의 막내딸 아이 있지 않아?
나이는 금시 이팔청춘이고
이뻐기는 산복숭아 꽃봉오리 새로 머문 것 같은데
제절로 요걸 얻어설랑 가슴패기에 끼리고,
파도 개여 잔잔한 날을 골라 배를 띄워서
고향으로 흔들흔들 돌아갔나니,
돌아가선 좁쌀이니 호박이니 수수목도 가꾸고
새끼들도 조랑조랑 까서 데불고
센머리가 파뿌리 되도록 오랜 살면서
'거시기 팔자 상팔자'로 고쳐 갔나니.

* 『삼국유사』 권2, '진성여대왕과 거타지' 참고.

* 여기 이 시의 주인공 '거시기'를 『삼국유사』에서는 '居陁知'라고 인쇄해 놓고 있으나, 이건 내 생각으론 '居施知'의 오식으로 보인다. 『삼국사기』, 「신라본기」 7권의 '문무왕 16년'에 보면 한 현령의 이름에 '居尸知'가 있었던 게 보이는데, 이 이름은 '거시기'라는 우리말의 한자음 표기인 것으로 보이느니만큼, 居施知라고 써도 물론 되는 것이다. 이 거시기라는 이름은 우리나라 이조에서 많이 쓰여져 온 '큰놈'이니 '바위'니 하는 이름처럼 신라 때에 많이 쓰여졌던 이름의 일종이 아닌가 한다.

수로부인은 얼마나 이뻤는가?

그네가 봄날에 나그넷길을 가고 있노라면,
천지의 수컷들을 모조리 뇌쇄하는
그 미의 서기瑞氣는
하늘 한복판 깊숙이까지 뻗쳐,
거기서 노는 젊은 신선들은 물론,
솔 그늘에 바둑 두던 늙은 신선까지가
그 인력에 끌려 땅 위로 불거져 나와
끌고 온 검은 소니 뭐니
다 어디다 놓아두어 빼리고
철쭉꽃이나 한 가지 꺾어 들고 덤비며
청을 다해 노래 노래 부르고 있었네.

또 그네가 만일
바닷가의 어느 정자에서
도시락이나 먹고 앉었을라치면,
쇠붙이를 빨아들이는 자석 같은 그 미의 인력은
천 길 바닷속까지 뚫고 가 뻗쳐,
징글징글한 용왕이란 놈까지가

큰 쇠기둥 끌려 나오듯
해면으로 이끌려 나와
이판사판 그네를 둘쳐업고
물속으로 깊이 깊이 깊이
잠겨 버리기라도 해야만 했었네.

그리하여
그네를 잃은 모든 산야의 남정네들은
저마다 큰 몽둥이를 하나씩 들고 나와서
바다에 잠긴 그 아름다움 기어코 다시 뺏어 내려고
해안선이란 해안선은 모조리 모조리 난타해 대며
갖은 폭력의 데모를 다 벌이고 있었네.

* 『삼국유사』 권2, '수로부인' 참고.
* 통일신라의 성덕왕 때의 이 미녀 수로는 가위 '경천·경해·경국지색'까지가 되는 것이니, 중국에서 옛부터 왕소군이니 서시니 조비연이니 양귀비니 하는 미녀를 보고 '경국지색'이라고 훌으로 표현해 온 따위는 우리 수로의 미의 표현의 발꿈치에도 감히 따르지 못할 일이었던 것만 같도다. 그리고 『삼국유사』나 그 밖의 옛 역사책에서 이런 류의 이얘기들을 읽는 학생들에게 특히 간절히 당부하고 싶은 것은 "용이 바닷속으로 업고 들어갔으면 어떻게 살아남지? 그러니 이런 건 현대와는 관계가 있을 수 없는 케케묵은 옛날이얘길 뿐이란 말이야." 어쩌고 해 버리지 말고, '일테면 그럴 만큼 이뻤었다'는 상대上代 은유의 은근한 맛을 이해해 맛보아 내야 한다는 것이다.

큰비에 붇은 물은 불운인가? 행운인가?

"아하하하하하하하!" 이렇게 웃었는지, "낄낄낄낄낄낄낄낄!" 그렇게 웃었는지, 거까지는 자세히는 모르지만서두, 씨앗 없이 죽은 선덕왕의 후계자로 원성대왕 경신이를 큰비 때문에 할 수 없이 뽑아 놓고 난 신라의 대신회의는 한바탕 좋게 실컷 웃어 젖혔을 것이다.

김주원이와 주경신이는 둘이 다 선덕왕의 가까운 왕족으로서 가장 유력한 왕위 계승 후보자였던 것인데, 선덕왕이 지명도 못 하고 숨이 달칵 넘어가 버린 때는 마침 큰비가 무지하게 내려 알천 물이 넘쳐서 흐르는 통에, 알천 북방 이십 리 쪽에 살던 주원이는 건네오지를 못하고, 경신이가 재빨리 먼저 그 자리에 나타나서, "이 또한 하늘 뜻이 분명하구랴." 대신들은 요로코롬 받아들였으니 말씀이다.

그러구선 으레 한바탕은 웃음판이 왁자지히 벌어졌겠지. "큰비에 불은 물은 주원이의 불운이요, 경신이의 행복일시 분명하도다. 아하하하하하하하! 낄낄낄낄낄낄낄낄!"

* 『삼국유사』 권2, '원성대왕'·『삼국사기』 「신라본기」, '원성대왕' 참고.

처용훈處容訓

달빛은

꽃가지가 휘이게 밝고

어쩌고 하여

여편네가 샛서방을 안고 누운 게 보인다고서

칼질은 하여서 무얼 하노?

고소는 하여서 무엇에 쓰노?

두 눈 지그시 감고

핑동그르르…… 한 바퀴 맴돌며

마후래기 춤이나 추어 보는 것이라.

피식! 그렇게 한바탕 웃으며

"잡신아! 잡신아!

만년 묵은 이 이무기 지독스런 잡신아!

어느 구렁에 가 혼자 자빠졌지 못하고

또 살아서 질척질척 지르르척

우리 집까정 빼지 않고 찾아 들어왔느냐?"

위로엣말씀이라도 한마디 얹어 주는 것이라.

이것이 그래도 그중 나은 것이라.

* 『삼국유사』 권2, '처용랑과 망해사' 참고.

백월산의 힘

신라의 백월산에 해질 무렵에
북령에 홀로 사는 '빡빡이' 집에
젊은 떠돌이의 여자가 하나 왔네.
난초꽃이 금방 막 벙그는 소리로
"하룻밤만 그 어디 부쳐 주이소" 하니,
"못 하겠네. 혼자서 수도키도 좁은데
단칸방에 어떻게 색시를 받나?"
보기 좋게 거절하여 해는 저무네.
그것도 그렇기사 그럴 일이지.

젊은 여잔 어스름을 남령으로 가
'부들이'네 방 앞에 달같이 떴네.
난초꽃이 향내 내는 아스라한 말씀으로
"해는 지고 어쩌는가? 좀 재워 주소" 하니,
이 사내는 이름대로 부드러운 사람이라
"할 수 있나? 한방에서 지새 봐야지.
들어와서 아랫목에 앉아 보이소" 하고
그러고 저는 웃목에 가 경책을 읽네.

새벽에도 닭 소리도 없는 산이라
부흥이만 부웃 부웃 울어 대는데,
그런데 그 색시를 건네다보니
그 색시는 행실이 좋지도 못한 듯
어디서 배 온 아일 여기다 나놓랴고
"아이고고고! 아이고 배야!"
고래고래 엄살같이 소리만 치네.
아무렴 이럴 만도 하신 일이지.

부들이는 할 수 없이 밖으로 나가서
애 낳을 때 깔아 놓는 짚을 안아 들인다.
산모, 애기 씻어 줄 목욕물을 끓인다.
끓여서는 나무통에 담아 떼며 들인다.
응애응애 빠져 나온 애기를 받아 놓곤
그 탯줄을 가위로다 덜 아프게 자른다.
그 탯줄을 내다가는 집 모퉁이에 묻는다.
할미가 할 일을 갖다 젊은 놈이 두루 하고 있는데,

애엄마는 뜨듯한 물통에 자알 씻고 나서는
헤벌럭이 귀밑까지 길게 웃어 젖히며
"남은 물이 아까운데 당신도 좀 씻어 보소."
하였나니, 이것도 또 이럴 만도 하고 말고.

하여서 우리 부들이께옵서는
애엄마가 씻고 난 그 더운 물이 아까와
후렴으로 자기 것도 거기 담아 씻고 나서
해돋이를 점잔하게 두 발 개고 앉았는데,
북령 친구 빡빡이가 때마침 찾아와 보니
부유스럼 낙낙하고 히멀쑥이 트인 게
그 전 부들이하곤 영우 딴판으로
아주 흡사 새로 생긴 보살 비슷할네라.

그래서 빡빡이도 이것이사 부러워
"여보게. 무슨 수로 고로코롬 되셨나?" 하고,
그 연유를 대강 들어 그 물이 약인 걸 알고는
그 찌끄러기 물통에 들어 저도 대충 감았는데,

이번엔 부들이더러 봐 달래서 부들이가 보아 하니
이 빡빡이도 약간은 부유스럼킨 해졌지만
사람이 빡빡하게만 굴어서 그런지
그 몸엔 군데군데 얼룩 시퍼럿하드라.

그러신데 이 이얘기는 매우 유력한 것이라.
여기 백월산 상상봉까지 약으로 써들어서
그 힘이 황해 건너 당나라 서울까지 가
어느 날 달밤에는 당 황제의 못물에
그 묘하게 이쁜 산봉우리를 내리비치기도 했더라.
당 황제는 여기 반해 사신을 보내서
그 산봉우리에 표적으로 신발 한 짝을 걸게 했는데
그 뒤론 그 신발 한 짝까지가 값진 것으로
당 황제의 달밤 연못에 고스란히 드러났더라.

* 『삼국유사』 권3, '남백월의 두 성인 노힐부득과 달달박박' 참고.
* 여기 나오는 두 사내 수도사의 이름은 『삼국유사』에는 '노힐부득'이와 '달달박박'으로 씌어져 있으나, 이건 물론 우리나라 말을 한자음을 빌어서 쓴 것이니까, 노글노글하고 부들부들하대서 노힐부득이는 '노글부들'이로 읽어 주고, 또 달달박박은 단단하고 빡빡한 사람의 뜻으로 '단단빡빡'이로 읽어 주어야 할 것 같다. 이 시에서는 어음語音들의 해조諧調를 고려해서 '빡빡이' '부들이'로 줄여 불러 두었다.

신효의 옷

신라 때 공주 사람 신효는 효자라,
고기 좋아하는 엄마 반찬 대노라고
날이 날마닥 활사냥을 다녔는데,
어느 날은 메추라기 한 마리도 안 잡혀,
나는 학을 겨냥해 활줄을 당겼네.
그거라도 죽여서 고기 해 드리려고……

그러나 그 화살은 날개만 맞혀
날개털 하나만을 땅에 떨구었는데
그걸 갖다 눈에 대고 세상을 보니
세상은 두루 왼통 피비린내 바다고
사람들은 모두 다 짐승들로 보였네.
어이쿠나 큰일났군! 아깐 자식 돌았군!

가로 뛰고 모로 뛰며 가슴팍을 치면서
강원도라 오대산의 어느 움막집까지
미치고 돌아 돌아 딩굴어 드니,
중 하나이 기대리고 앉아 있다가

한쪽 끝이 찢겨 나간 가살 보이며
"네가, 이놈, 쏘아 떨군 학의 날개는
내가 항상 입고 사는 가사 끝이다."
하여서야 미친 기가 슬슬 가라앉으며
피비린내도 썰물처럼 물러나고 있었네.

그래서, 끼리고 온 학의 날개 깃털을
스님의 찢겨 나간 가사에 대 맞추며
학춤을 추었네 얼씨구 절씨구
얼씨구 절씨구 절씨구 얼씨구……
돌았군! 돌았군! 정말 돌았군!

그러구서 그 뒤로도 세월이며 구름은
천년하고 또 몇백 년 이 나라를 문질러
숱하게는 굶주리고 목마르게도 했지만,
여직까진 그중에서 단 한 사람도
학을 쏘아 사냥하는 사람은 없었네.
강원도라 오대산의 상상봉에서

팔도에 나부끼는 신효네의 옷자락—

학두루미 날개털을 쏘는 사람은

그 뒤로는 없었네, 이 나라에는……

얼씨구나! 절씨구! 저리절씨구!

* 『삼국유사』 권3, '오대산 월정사의 다섯 성중' 참고.

암호랑이와 함께 탑돌이를 하다가

음 이월 보름날 밤 달이 뜨면은
신라의 하늘은 노래 노래 부르며
바닷속 뻘 속의 소라도 불고,

얼씨구 흥륜사의 돌탑을 둘러
힘 좋고 이쁜 사내 탑돌일 하면

수풀 속 암호랑이도 아양을 떨며
뱅뱅뱅 뱅뱅뱅 함께 따라 돌다가
구석진 데 같이 가선 붙기도 했나니……

* 『삼국유사』 권5, '김현이 호랑이를 감동시키다' 참고.

월명 스님

신라 스님 월명은 하늘의 신 누구에게 특별히 마음속으로 청탁을 할 일이 있으면 자기가 직접으로 나서질 않고, 그 어디 곱게 핀 꽃송이의 마음을 시켜 대신 심부름을 보냈다 하는데, 이건 아무래도 시가 되겠다.

하지만, 그 하늘에 이쁜 달이 떴을 땐, 그 달색시의 마음을 꼬아 제 입술 가까이까지 불러 내리려, 아무도 누구 대신 시키진 않고, 스스로 피리를 집어 입에 대고 불었다는데, 어떨런지, 이만큼한 사사로움쯤은 눌러 봐주어도 되지 않을지……

* 『삼국유사』 권5, '월명사의 도솔가' 참고.

소슬산 두 도인의 상봉 시간

도인 관기는 소슬산의 남쪽 봉우리 아래 초막을 엮어 살고, 도인 도성이는 소슬산의 북녘 모롱 밑 동굴 속에 계시면서, 서로 친한 친구인지라, 십 리쯤 되는 둘 사이를 오락가락하고 지냈습니다만, 그 만나는 시간 약속은 모년 모월 모일 모시와 같은 우리들이 쓰는 그런 딱딱한 것이 아니라, 훨씬 더 멋들어진 딴 표준을 썼습니다.

즉―너무 거세지도 무력하지도 않은 이쁜 바람이 북에서 남으로 불어 산골 나뭇가지의 나뭇잎들이 두루 남을 향해 기울며 나부낄 때면, 북령의 도성이는 그걸 따라 남령의 관기를 찾아 나섰고, 그 바람을 맞이해서 관기는 또 마중을 나왔었어요.

적당히 좋은 바람이 그와 또 반대로 남에서 북으로 불어 산의 나뭇가지의 나뭇잎들을 모조리 북을 향해 굽히고 있을 때는, 남령의 관기가 북령의 도성이를 찾아 나서고, 도성이는 또 그 바람 보고 마중을 나오고…… 어허허허허허허!……

* 『삼국유사』 권5, '포산의 두 성사' 참고.

토함산 석굴암 불보살상의 선들

가난한 과부 경조는 외아들 대성이를 남의 집에 고용살이를 시켜, 겨우 둘의 목숨을 부지해 살고 있었는데, 그나마 그 외아들 대성이마자 홀쩍 죽어 가 버려서 밤내 혼자 가슴을 치며 목메 울고 있었습니다.

이웃의 어진 김문량 씨가 이것을 알고 불쌍히 여기고 있던 중에, 때마침 그의 아내가 사내아이를 낳게 되자, 그 죽은 이웃집 아이 이름을 그대로 이어 붙여 대성이라 붙이고, 울고 있는 그 외톨이 과부를 모셔 들여서, 새로 생긴 대성이의 '전생의 어머니'라는 족보상의 한 새 자격을 주었습니다.

그리하여 김대성이는 친부모 외에 '전생의 어머니' 한 분을 더 모시고 효도를 다하고 지내다가 세월이 가서 드디어 그 '전생의 어머님'이 늙어 세상을 뜨자, 그네의 명복을 빌어 토함산에 석굴암을 지어 드렸는데, 그러자니 이 석굴 안에 새겨 논 사람들의 모습에는 그런 새 족보의 의미를 담을밖에 없었습니다. 누구도 안 빼놓으며, 또 안 끝나는 영원한 그 자비를 선마다 담을밖엔 없었습니다.

* 『삼국유사』 권5, '대성이 전생과 현생의 부모에게 효도하다(신문왕대)' 참고.

제4부
고려시대 편

왕건의 힘

고려 태조 왕건이 고려 맨 처음의 왕이 된 가장 큰 힘은 그 포섭력이고, 그 포섭력 중에서도 제일 큰 포섭력은 쬐끔치라도 이용할 모가 있는 사람들한테는 두루 아양을 적당히 피우고 있던 점이다.

천하의 쌍놈인 후백제 왕 견훤이가 할 수 없이 머리 숙이고 그의 앞에 항복해 왔을 때도 "아버님, 아버님, 올라와 앉으십시오." 응석을 부렸고, 그 견훤의 사위 박영규 장군 부부가 그들의 몸을 맡겨 왔을 때에도 "형님, 형님, 형수씨, 형수씨." 어쩌고 고분고분 달보드레한 아양을 매우 잘 떨었다.

이 힘인 것이다. 그의 상전이었던 궁예를 넘어서서, 그의 강적이었던 견훤이를 깔고서, 망국 신라를 기분 좋게 살살 달래, 고려의 왕통을 세워 낸 것은……

*『고려사절요』 권1, '태조 신성대왕'·『삼국유사』 권2, '후백제의 견훤' 참고.

현종의 가가대소

때는 서력으론 일천하고 십일 년
고려의 들판에는 쥐불 타는 음 정월에,
북방 대키타이의 황제가 친솔하는
사십만 대군이 개성을 쳐들어와서
할 수 없이 왕 현종은 나주로 피난 가는데,
시종무관놈들도 뺑소니,
승지놈들도 뺑소니,
말안장까지 뺏기며
사산골의 허허벌판에 와서 놓였네.
배고프고 기진맥진 지쳐 와서 놓였네.
"왕비도 이젠 그만 떼내 보내 버리세요!"
요로코롬 지껄이는 신하놈까정 있었네.

그러신데 때마침에 하늘에는 기러기 떼.
서럽지만 뜨시히 우는 한 떼의 기러기 떼.

단 하나 남은 충신 채문의 활이
그중에 한 마리를 쏘아 맞혀 떨어뜨려

들고 가서 왕께다가 바쳤드러니

왕께서는 무척 많이 울 줄로 알았는데

아니라 그 반대로 많이 웃고만 있었네.

왼 하늘이 두루 왼통 뒤흔들릴 정도로

깔깔깔깔 배짱 좋게 너털대고만 있었네.

고려청자 어느 모에서 금시 튀어나온 양한

쑥 잘 먹은 배꼽 웃음만 터트리고 있었네.

* 『고려사절요』 권3, '현종원문대왕 2년' 참고.

* 고려 현종에게 이 웃음의 힘이 있어, 그의 재위 2년 정월에 이 수모, 이 곤경을 당하고도, 그의 재위 9년과 10년에는 그의 출천出天의 용장 강감찬 휘하의 병력을 시켜, 재침한 대키타이 제국군을 여지없이 격퇴 섬멸할 수도 있었다.

* 키타이(Kitai)는 거란을 서방 측에서 부른 말.

강감찬 장군

강감찬 장군의 꼬라지는 나지막코 초라했지만
그 마음의 용력勇力의 키는 『고려사』에선 가장 커서
제석천의 하늘보다도 훨씬 더 높았다.
그래 제석천이 내려치는 벼락의 불칼을
강감찬이 마음에 안 들어 분질러 버린 뒤론
그것도 반토막 행세밖엔 못 하게 되었다.
더 말할 게 있는가.
물론 북방 대키타이 제국의 군대까지도
그의 앞에서만큼은 오금을 바로 펴지도 못했다.

* 구전민화·『고려사절요』 권3, '현종원문대왕' 참고.

덕종 경강대왕의 심판

열아홉 살짜리 고졸 나이가 겨우 된
덕종 경강대왕께서 어느 날
칠월 연계軟鷄 같은 소리로 말씀하시기를
"죄란 목숨보다야 어느 거나 가벼운 거니
너그러워얘지. 너그러워얘지.
어찌다가 화가 터져 주인을 때렸거나, 죽였거나
살인강도질 같은 걸 잘못해 했다손치드래도
죽일 것까지는 없어. 그럴 것까정은 없어.
매나 몇 찰씩 아프게 갈겨서
마음 편한 무인도로나 보내 주라구."

*『고려사절요』 권4, '덕종경강대왕 3년' 참고.

땅에 돋은 풀을 경축하는 역사

"좋은 풀이 뜰에서 돋아났는데
이보다 더 좋은 게 무엇이 있나?
경들이여 모든 것 다 접어 두고서
어서 나와 시나 지어 축하하세나."

—이것은 고려의 문종 인효대왕이
첫여름 어느 날에 그의 신하들에게
명령으로 내리신 역사적 사건인 바,

이것은 여늬 여늬 딴 나라의 역사에선
영 잘 눈에 안 띄는 반가운 일이라서,
때마침 창밖에 우는 산까치와 상의하며
그대로 여기 그냥 옮겨 적어 두노라.

* 『고려사절요』 권5, '문종인효대왕 16년 하5월' 참고.

고려호일高麗好日

숙종 3년 시월상달 휘영청히 밝은 날.
고려 땅에 죄수는 하나도 없어
감옥 속은 모조리 텡텡 비이고,
그 빈자리 황국黃菊처럼 피는 햇살들.
그 햇살에 배어 나는 단군의 웃음.
그 웃음에 다시 열린 하늘의 신시神市!
그 신시에 물들여 구은 청자들!
운학문雲鶴文의 운학문의 고려청자들!

* 『고려사절요』 권7, '숙종명효대왕 10년' 참고.

옥색과 홍색

시인 정지상이는 무슨 빛보다도 만물의 본고향 빛—하늘의 옥빛을 가장 숭상하는 신선 마음으로 살다가, 인륜의 붉은 핏빛을 얼굴에 자주 나타내는 시비 유생是非儒生 김부식이한테 몰려서 잡혀 죽어 귀신이 되었겄다.

그래 그 뒤 어느 날 김부식이가 뒷간에 들어갔을 때 또 얼굴을 붉히고 있는 것을 뒤따라 들어간 정지상이 귀신이 보고 "네 낯빛이 또 왜 그리 붉으냐?"고 물으니, 김부식이는 본심은 숨기고 시詩조의 거짓말로 "저 언덕의 단풍빛이 비쳐 와서 그렀나 뵈." 한 마디로 그냥 얼버무려 넘겨 버리려고 했었지.

그러니까 정지상이 귀신은 이번엔 김부식이 불알을 매우 되게 잡아 쥐고 "이래도 거짓말할 테냐? 이래도 거짓말할 테여?" 거듭거듭 그 불알을 죄고만 있었지.

"지상아. 불알을 쥐이고도 너는 낯도 안 붉힐 수도 있니? 그렇다면 네 애비 불알부터 그건 무쇠로나 만들었나 부다."

부식이는 그래도 안 지겠다고 이 한마디를 마지막으로 뇌까리고 강그라져 죽어 버리고 말았는데, 이 유생儒生과 이 선도仙徒의 색채의 대조는 아쉰 대로 꽤나 볼 만하여서 여기 불가불 몇 글자로 적어 놓아 두노라.

* 『고려사절요』 권10, '인종공효대왕 2년'·이규보의 『백운소설』 참고.

예종의 감각

하늘과 땅이 어느 모로 봐서건 아조 썩 잘 어울리듯이, 예종은 눈에 직접 안 보이는 신과의 어울림을 어느 좁쌀만 한 점에서까지 육체적으로도 맞추고 살아야만 하는 사람이었기 때문에, 어느 날 잔치 뒤에 그의 등에 생긴 쬐그만 부으름 하나를 가지고도 약만 쓰는 게 아니라, 그의 마음과 천지 속에 숨은 신과의 그 어울림을 회복하기 위해 늘 천지신명께 "이걸 바로 해, 당신과 맞게 해 줍소사." 기도를 드리고 있었다. "이 어줍잖은 부으름이 웬일이오니까? 부끄럽고 부끄러워 낯을 들 수가 없나이다"고 그게 다 완쾌되도록까지는 되풀이 되풀이 기도를 하고 지냈다.

* 『고려사절요』 권8, '예종문효대왕 17년' 참고.

매사는 철저하게

아버지를 잡아먹은 호랑이가 산속에서 식곤증에 빠져 누워 있는 것을 찾아낸 수원의 효자 최루백이는 가지고 있던 날센 도끼로 먼저 그걸 패 죽인 다음에, 배를 갈라서, 그 속에 아직 남아 있는 아버지의 살과 뼈를 가려내어 장사를 지내고, 그 호랑이의 살일랑은 따로 발라서 옹기 항아리에 잘 담아 맑은 시냇가에 깊숙이 묻어 두었다가, 몇 해 뒤에 상이 끝나는 날 그걸 파내서 뚜껑을 열고는 거기 남은 물 한 방울도 남기지 않고 고스란히 모조리 집어시어 버렸습니다. 그러구서야 3급 을류의 양반 시험을 보러 나섰습니다.

* 『고려사열전』 권34 참고.
* 최루백은 수원 사람 상저尙翥의 아들로, 의종 때에 한림학사까지 되었었다.

노극청 씨의 집값

위관 장교 노극청 씨는 은 아홉 근짜리 집을 하나 마련해서 근근히 살고 있었는데, 변방으로 혼자 전근을 가게 되어서, 집에 남은 아내가 살기에 쪼들리어 그걸 은 열두 근에 현덕수란 사람한테 팔고, 셋방살이를 하고 있었습니다.

노극청 씨가 돌아와서 이 사실을 알자, 남겨 받은 은 세 근을 현덕수 씨한테 되돌려주면서 "나는 은 아홉 근으로 그걸 사구선 손대 고친 데도 전혀 없는데요" 하니, "당신이 의리일라치면 나도 의리래야지" 하고 현덕수는 또 그걸 받지를 안했습니다.

그래, "그렇다면 당신이 준 열두 근을 다 돌려드릴 테니, 내 집을 되루 비워 내 주시구려" 해서야 현덕수 씨는 할 수 없이 그 은 세 근을 받기는 받았지만, 그건 자기 소용으로 쓰지를 않고, 절간의 부처님 소용으로 바치고 말았습니다.

* 『고려사절요』 권13, '명종광효대왕 2, 15년' 참고.

유월 유둣날의 고려조高麗調

유월이라 유둣날,

하눌도 진땀나는 낮거리만 같은 날은,

왕이여.

시어사도 고자 내시도 몸종도 좀 풀어 주세!

더운 해 뜬 냇물 속에

개구리처럼 잠겨,

머리 감고 미역 감고,

아랑주 불쐬주도 마시고,

수제비도

물에 동동

목욕시켜 마시고,

놀게 하세. 놀게 하세.

무슨 딴 휴일로 정할 것이 아니라,

저마닥 제 맘대로 빠져나가 놀게 하세!

* 『고려사절요』 권13, '명종광효대왕 2, 15년 6월'·같은 책 별집 권13, '의교전교, 속절잡희' 참고.

고종 일행과 곰들의 피난

고종 19년에
무적無敵 몽고의 침략이 고려를 짓이겨 오자
왕 고종은 강화도로 피난을 가고,
그로부터 10년 뒤 고종 29년엔
깊은 산의 곰들도
바닷속 섬으로 뿔뿔이 피난을 갔지.
단군의 외가댁 이해력이니까
하늘의 귀띔도 잘 알아들은 것이지.

그리하여 피난 간 고종 일행과 곰 일행은 늘
물리적으론 지지만 정신적으로는 이기는 일
그것 한 가지만을 열심히 생각하고 살았지.
고종 일행은 영원살이 『팔만대장경』의 목판을 깎고,
고려사에서도 가장 좋은 청자를 굽고,
곰들은 또 발이 손이 되도록
쓱싹쓱싹
이 일 하나 잘되기만을 빌어 문지르고 있었지.

* 『고려사절요』 권16, '고종안효대왕 3, 29년 하4월' 참고.

고려 고종 소묘

몽고 대야만大野蠻의 무지막지한 침략에
이 겨레의 반나마가 살육되거나 끌려간 뒤,
다음 왕이 돼야 할 태자까지도
볼모로 떠날 날이 두 달밖엔 남지 않은
고종 46년 2월의 어느 날,
강화도 피난살이 28년 만의 고종은
참 묘하게도 난생처음 까불면서
"여보게들, 우리 한번 진창 놀아 보세나!
두 손바닥 맞부닥쳐 손뼉을 치고,
땀나도록 춤추면서 술도 마시고,
해 지두록 해 지두록 놀아 보세나!"
신하들과 잔치하며 소리소리 지르며
깔깔깔깔 깔깔깔깔 너털대고 있었다.

처녀의 볼처럼 타는 연짓빛 노을 아랜
그가 시켜 만든 고려 최상품의 상감청자 자기들……
먼 그늘에선 영원살이 서슬 푸른 눈을 뜨는
『고려대장경』의 완성된 목판 더미들……

서녘 하늘 우러러본 고종의 눈엔

그가 치켜든 청자 술잔 하나보다도

형편없이 가벼운 것인 대몽고의 전야만全野蠻이

너무나도 역력히 역력히만 보였다.

* 『고려사절요』 권17, '고종안효대왕 4, 46년 2월' 참고.

* 고려 고종은 그의 재위 19년에 몽고군의 대침략으로 할 수 없이 왕경王京 송도를 떠나 강화도로 천도 피난한 왕이기는 하지만 그의 강화도 재류 28년 동안에 『고려대장경』의 그 거질각판을 완성했고 또 청자도 고려조에선 가장 좋은 것들을 이때를 골라 빚어 내게 한 굉장한 정신력의 소유자였던 걸로 안다. 그는 이 시 속의 잔치가 있은 지 두 달 뒤엔 예정대로 그의 큰아들인 태자를 몽고에 볼모로 보냈고, 또 그 뒤 두 달 만인 6월 어느 날부터는 이미 이 세상에는 아무 데도 그 육신으론 살아남아 있지 않았다.

그런데 『고려사절요』를 쓴 이조의 유신 김종서 · 정인지 등이 그 「사신왈史臣曰」이라는 논평란에서 이날의 이 일을 가지고 "그리 못 하게 신하들이 간했어야 할 일이었다." 어쩌고 하고 있는 것은, 이만큼한 정신력의 표현에 대해 역시 그들은 너무 좁은 안목만을 가졌던 걸로 보인다.

충렬왕의 마지막 남은 힘

대몽고 같은 막강한 대완력이
송두리째 우리 몸을 걸머쥐어 죄드래도
여보게, 자네 사타구니 사이
그 거시키의 힘이라도 하나만큼은
잘 숨겨 가지긴 가져야만 쓰겠네.

대몽고 제국의 황제 쿠비라이의 딸
홀도로게리미실이한테로
강제로 끌려가 장가들었던 고려 충렬왕은
번쩍하면 그 홀도로게리미실이한테
몽둥이로
얻어맞기사 잘도 얻어맞긴 했지만서두,
그래두
밤중 이불 속의 그 거시키의 힘 하나 있어
아들도 낳고 그렇기사 했기 때문에
그 덕으로 끝까지 살아남긴 남았었나니……

* 『고려사절요』 권19, '충렬왕 1, 3년 추7월' 참고.
* 홀도로게리미실은 제국대장공주라고도 함.

고려적 쇄설일석瑣說一席

몽고가 한창 우리 겨레를 쥐고 흔들던 고려 충렬왕 시절에, 대장군 김혼이와 상장군 김문비의 아내—두 남녀는 유난히 양기가 좋은 데다가 잘 처먹어서 오입 생각까정도 간절하던 판인데, 김혼이가 김문비네 집에 가서 둘이 앉아 바둑을 두게 된지라, 김문비네 예편네는 김혼의 그 양기 좋은 모양에 반해 밖에서 창틈으로 슬금슬금 훔쳐 엿보고 있더니, 하눌이 쓰여 대여 그 뒤 오래잖아 김문비도 또 김혼이 부인도 쫌 맞게는 세상을 떠나고 말아서, 얼씨구나 좋구나 둘이는 만나 왕성하게는 달라붙고 있었겄다. 그러다가 들켜선 대장군 김혼이는 바닷속 섬으로, 상장군 김문비 예편네는 첩첩산중으로 따로따로 귀양살이를 가게 됐다는데, 아닌 게 아니라 이런 월등력을 보통력으로 잘 줄어트려 보랴면, 죽인다거나, 때린다거나, 많은 죄수 속에다 집어넣어 둔다거나 하는 것보다야 무기한부의 이런 귀양살이로 모든 걸 적당히 여위게 하는 것이 가장 적당한 대접인 듯은 하도다.

*『고려사절요』 권20, '충렬왕 2, 6년 6월' 참고.

셈은 바르게

이것도 몽고 치하의 고려 충렬왕 때 얘긴데, 최석이란 사람이 부사로 있던 승평부에서는 여기 부사가 이임할 때마다 가장 좋은 말 여덟 마리씩을 골라서 갖게 하는 습관이 있어서, 최석이 이임할 때에도 역시나 그렇게 해 선사해 바치려 부내의 말들을 모조리 끌어내 그의 앞에 장서게 했다. 그러나 최석은 그걸 전혀 고르지도 받지도 안했을 뿐더러, 오히려 자기 집 망아지 한 마리를 덤으로 더 얹어 부민들에게 돌려주며 말했다.

"셈은 바르게 해야지. 이 망아지는 내가 부임해 올 때 타고 온 내 암말이 여기 와서 낳아서 여기 걸 먹고 자라난 놈이니까니."

이런 이얘기는 미담가화니 하는 코우스갯거리여서 요새는 시도 채 다 안 되는 것일런지는 모르지만, 그래도 어쩐지 그냥 모른 체만 할 수는 없어, 이것도 여기 한구석에 슬그머니 끼워 넣어 놓아두어 보는 것이다.

* 『고려사절요』 권20, '충렬왕 2, 7년 12월' 참고.

기황후 완자홀도의 내심의 독백

대몽고군이 뻰찔나게 연달아 우리나라를 짓이기며 얼굴 반반한 젊은 처녀와 새댁들을 무더기 무더기로 끌어가고 있던 시절, 지금의 경기도 행주 땅에 살던 6등짜리 고려 국방부 관리의 막내딸 하나도 거기 끼여 붙들려 가서 몽고 황궁의 궁녀로 있다가, 그 얼굴값으로 황제인 순제의 소첩 노릇을 거쳐, 뒤엔 그 제2황후까지 되고, 또 마침내는 그네가 낳은 아들로 황태자까지도 시키게 되었는데, 그 속이사 보나 안 보나 기막힌 것이 너무나 많은지라, 대원大元의 노랑 해가 유난히도 을씨년스런 어느 날 오후, 황궁 구석의 그네 방에서 혼자 마음속으로 뇌까려 대기를—

아직 코뚜레 나이도 되기 전에
그 어린 암소 도수장에 끌려오듯
몽골대 나라에 와선 참 아픈 데도 많았시요.
가슴도 골통도 사타구니도
너무나 많이 쑤시고 아팠사와요.
이팔청춘도 채 못 된 소녀 때부터
사람이 호랑이나 사자의 아내가 된 걸 생각해 보세요.
꽤나 오래를 그저 그저 무섭고 아푸기만 했는 걸요.

그러던 게 세월이 벙거지같이 지나가면서
나도 그만 무서운 년이 안 될 수는 없다 보니
몽고놈들 우두머리 그까짓 것도 별것은 아니데요.
내가 아조 썩 무서운 년이 되었을 때

나는 그 사자라는 것들을 살이살살 어루만져서
개새끼같이 만드는 데 자신을 갖게 됐지.
그래 나는 애써 몽고 황제의 눈에 들게 해
순제의 둘쨋번 황후도 됐고
마침내 내 자식으로 황태자를 삼게도 했지.

그렇지만 내가 왜 이렇게까지 됐는지
당신들은 영 까마득히 모를 것이오.
그것은 딴 게 아니라 이 몽고의 사자 떼들을
우리 고려 사람들의 개새끼들로 만들기 위해서였소.
사람의 피를 사자의 피에다
섞어서 새끼를 깠다고 또 무슨 죄인지요?
그 새끼로 대몽고의 황제를 삼아
우리 고려의 변장邊將을 삼으려고 했습지요.

그래, 고려에서 끌려오는 계집애 중에
예쁜 것은 골라서 내가 도맡아
그애들 하나에 몽고 고관 하나씩을

한 쌍으로 묶어 놓고 새낄 까게 한 것도
그게 다 사실은 같은 배짱이었굽쇼.

날 보시오.
내 마음속 사투리는 아직도
분명한 우리 고려 행주 고향 꺼지만
이 밖에 더 우리가 살 길은 없이요.

* 『고려사절요』 권25, '충혜왕 복위 원년 하4월' 참고.
* 기황후는 고려 충혜왕 때의 총부산랑 기자오의 막내딸. 서기 1340년에 원나라 순제의 제2황후가 되었다, 그네의 아들 애유식리달엽은 그의 아버지 순제의 뒤를 이어 북원北元의 제2대 황제가 되었었다. 여자로서의 그네의 저력은 아마 세계사에서도 가장 대단한 것 중의 하나가 되는 줄로 안다.

노나 가진 금일랑은 강물에 집어넣고

형제가 길을 가다
금 두 덩이를 주워서
둘이 한 덩이씩 노나 가지고
좋은 강물에 배 타고 가네.

아우가 웬일인지 제 금덩이를
풍덩실 강물 속에 던져 버리니
형은 아까워서 물고기 눈이 되어
"왜 그래? 왜 그래?" 소리를 치네.

"형님이 그 전에는 무척 좋더니
그놈의 금을 주워 노나 가지니
형 껏까정 갖고 싶어, 못쓰겠어서……"
아우가 눈물로 대답을 하니,

"아우야 네가 옳다.
내 것도 네 것같이
강물에다 넣는 게 그중 좋겠다."

말하면서 형도 따라 강에 금을 던지네.

이 형제의 이름이라도 알았으면 하련만,
같이 배 타던 사람들까지
이것을 물어 둘 주변도 없어
하늘만이 혼자서 알고서 왔네.

* 『고려사절요』 권28, '공민왕 16년 2월' 참고.

상부의 곡성

남편이 죽어서 우는 아내의 울음소리에도
서러운 가락만이 있는 건 아니고,
"노세. 젊어서 노세"라던지,
"얼씨구 절절씨구 좋을씨구"라던지,
고로코롬 좋아 못 사는 가락도 있는 것이니.

우리네 경산 부사 이보림 씨가
고려라 신우왕 때 칠월 뙤약볕에서 들은
한 상부喪婦의 울음소리는 너무나도 기쁜 거여서
잡아다가 가만히 다루어 보았더니
그 뒷그늘에는
두 누깔 멀룩멀룩 숨어서 있는
간부姦夫 놈도 하나가 도사리고 있더라나.

* 『고려사절요』 권32, '신우왕 11년 7월' 참고.

권금 씨의 허리와 그 아내

공양왕 때 고려 땅 회양 사내 권금이는 유난히도 그 허리가 두두룩히 좋아서, 그 아내는 밤낮으로 그걸 자랑으로 의지하고 지냈습니다. 그러신데 어느 날 밤엔 큼직한 호랑이가 이 집에 들러선 그 권금이를 갖다 물어채고 가는지라, 권금이의 아내는 그 호랑이보단도 훨씬 더 끈덕지게 제 임자의 그 허리를 두 팔로 끌어안곤 절대로 절대로 놓아 주질 안했습니다. 대문지방 안쪽에다가 응덩이를 붙이구선 "사람 살류! 사람 살류!" 소리 질렀습니다.

그래서 할 수 없이 그 권금이를 호랑이놈도 놓아두고 살랑살랑 가버렸는데, 그 권금이도 그 지경 되다가 보니 이튿날부턴 숨통에 숨 남은 게 하나도 없는지라, 권금이의 아내는 그 뒤부터는 영우 밤잠이 잘 안 오는 밤에는 제 안방에 놓인 청자 항아리의 그 두두룩한 허리춤을 지긋이 끌어안는 버릇이 생겼습니다.

* 『고려사열전』 권34 참고.

정몽주 선생의 죽을 때 모양

"이런들 어떠하며 저런들 어떠하료?
만수산 드렁칡이 얽어진들 어떠하리?
우리도 이같이 얽어져 백년까지 누리리라."
정몽주를 살살 달래 회유해 보려고
이성계의 아들 방원이가 이리 노래하니,

"이 몸이 죽어 죽어 일백 번 고쳐 죽어
백골이 진토되어 넋이라도 있고 없고
님 향한 일편단심이야 가실 줄이 있으랴."
정몽주는 또 이렇게 노래해 대답하며,
가까와 온 그의 죽엄을 너무나 잘 이해하며,

어떤 술친구네 집엘 잠시 들러서
질탕하게 한바탕만 취해 보고 싶었는데,
그 술친구도 나가고 없고
뜰 앞에 꽃나무들만 소리쳐 꽃 펴 있었나니,

그 꽃 사이로 들어가선 연거푸 술을 불러

대포로 대포로 혼자 몽땅은 마시고,
몽땅은 덩실덩실 춤추시고 나선 뒤에,

따르던 비서보고도 그만 물러가라며
비슬 비슬 비슬 비슬
선죽교 다리목까지 어떻겐가 걸어와서
기대리던 철퇴를 맞으며 죽어 가고 있었다.

* 『연려실기술』 권1, '태조조', '고려수절제신부'·『해동악부』, 『퇴계집』 참고.

제5부
이조시대 편

이성계의 하늘

이성계는 기둥에 기대섰는 그의 아들 태종을 향해 활을 쏘았을 때, 잘못 맞혀 그 화살이 기둥에 가 박히는 걸 보고야 "하늘이다!"고 했고, 또 태종이 그의 앞에 나와 술잔을 올려야 할 차례가 되었을 때, 몸을 피해 대리를 보내고 자기는 가까이 오지 않는 것을 보고서야, 소매 속에 숨겼던 '결여의鈌如意'라는 살인용의 큰 쇠뭉치를 꺼내 놓으며 포기의 뜻으로만 "이것도 하늘이다!"고 했다. 그러구서야 그의 아들 태종의 왕위 계승권을 겨우 인정해 주었는데, 이 '하늘'은 하여간에 별미는 별미다.

* 『축수편』·『연려실기술』 권1, '태조조', '주필함흥' 참고.

세종과 두 형

양녕대군이 아직도 태종의 큰아들 자격으로 세자로 있을 때 왈패라 해서 그 폐세자론이 일자, 그 바로 밑 아우 효령은 그 자리는 이제는 자기 차례라고 생각하여 매우 근신하며 열심히 공부를 하고 있었는데, 그 형 양녕이가 그 옆을 지나면서 발길로 걷어차며 "에이 못난 놈아! 다음 왕 가음은 충녕이란다. 알기나 알아라!" 했다. 효령이는 물론 울화가 치밀어 쏜살같이 산골짜기 어느 절간까지 치달려 가, 그 절간 문루에 매달린 큰북을 하루 종일 두 손으로 두들겨 대서, 그 북가죽을 쑥대머리 귀신 모양을 만들어 놓았다는 것인데, 내 생각 같아서는 이만하면 왕 가음이 되고도 남을 것 같으나, 고로코롬은 되지를 않고, 그저 가만히 있던 셋째 충녕이가 고걸 차지한 걸 보면 역시나 이런 판엔 무엇보다도 가만히 있는 편이 낫기는 나은 것이라.

* 『연려실기술』 권2, '태종조' '양녕지폐' 참고.
* 충녕은 왕—세종.

황희

> 대추 볼 붉은 골에 밤은 어이 듣드리며
> 벼 벤 그루에 게는 좇아 나리는고야.
> 술 익자 체장수 돌아가니 아니 먹고 어이리.
> —황희의 시조

쌍껏도 하늘이 준 백성이어니
어이 그만 접어만 두리오?
종년 중에 쓸 만한 것일랑은
더러 골라서 붙기도 하고,
그래서 그 패거리들이 무람없이 덤비걸랑
더러는 같이 얼려 낄낄대기도 하고,
차려 내온 술상 가에 왁자지 모인 종 새끼들이
황희보다 선수를 써 먼저 주워 먹는 것도,
황희의 턱수염을 잡아당겨 보는 것도,
모조리 예삐만 보아 내버려 두고,
황희의 등때기를 주먹으로 갈겨 대면
"아야! 아야! 아야! 아야!"
엄살만 떨고 있었나니.

* 『청파극담』·『연려실기술』 권3, '세종조', '세종조상신' 참고.
* 황희. 여말 이조 초의 가장 원만 관후한 선비. 세종조의 영상. 89세의 희수를 누렸다. 아호는 방촌.

유비공소有備公笑

세종 때의 우의정 유관柳寬 대감께서는
살림이 너무나 가난하여서
비가 오면 빗물이 천정에서 듣는지라,
손을 펴 우산 삼아 이것을 막으면서
부인보고 깔깔대며 이르는 말이
"이 우산도 없는 집은 서럽겠구먼?"

부인이 그걸 받아 대답는 말이
"손우산도 제대로 못 하는 집선
당신 그 너털대는 웃음이라도
꾸어다가 받으면 되겠습지요."

* 『필원잡기』·『연려실기술』 권3, '세종조', '세종조상신' 참고.

소년왕 단종의 마지막 모습

강원도 영월에 온 십칠 세 소년왕 단종은
피리 소리와
솥작새 소리를 유난히 좋아해
시를 짓고 지내다가,
마지막 날은 흰 말을 타고
동쪽 산골짜기로 오르고 있었다.
"어디로 가시옵니까?"
이곳 촌사람이 물으니
"샛별 속으로 놀러갑니다"고 했다.
그러고 얼마 뒤엔
그의 숙부 세조의 뜻대로
가느다란 활줄에 목이 졸려
아주 이쁘게 죽어 있었다.

*『연려실기술』 권4, '단종조' '육신모복상왕', '단종상승' 참고.

매월당 김시습 1

어느 절간에서든가, 매월당 김시습은 여러 스님들에게 모시어져서 일장 법문 설법을 해야 할 마련이 되어 있었다.

머리털을 바악박 깎고 있는 점은 매월당도 여늬 중들과 다를 게 없었지만, 그 입술 우아래에 그 대장부의 수염을 더부룩이 길러 늘어뜨리고 있는 것이 다르다면 달랐다.

"여러 말 할 것 없이, 소나 괜찮은 놈으로 한 마리, 이 절간 마당으로 끌어들이슈."

매월당의 당부대로 몇 중이 나가, 누구네 마을 집소 한 마리를 잠시 빌어다가 법당 앞뜰에 잘 매어 놓으니,

"소가 먹을 꼴은 없어도 되겠나? 그것도 어디 가서 한 다발은 갖다 놔야지."

하는지라, 또 그것도 불가불 한 다발 구해 들여와야만 했었다.

그랬더니, 매월당은 그 소의 꼴다발을 그 소의 꽁무니 멀찌감치 갖다가 놓아두라고 하고, 그러고는 깔깔깔깔 너털웃음을 치며 호통하고 있었다.

"소 꼴도 앞에 있어야 먹을 것 아니야? 스님네들 나한테서 설법 듣자는 꼴이 바로 저 꼴 같구랴!"

* 『용천담적기』·『연려실기술』 권4, '단종조', '순난제신' 참고.

매월당 김시습 2

매월당은 그가 헤매다니던 산골 냇물들에다가 그의 시가 적힌 많은 나무 잎사귀들을 띄워 흘려보내는 묘한 버릇을 지니고 있었다.

냇물에서 강물로 바다로 그것들이 흘러가는 동안에 그 시의 먹글씨들은 물에 두루 씻기어 하늘로 날아올라선 구름장에 그 수묵의 빛을 보태고 있었을까?

그러다가 그 구름이 다시 비로 내리면서는 저 이조의 무명 장인들의 백자의 그 연한 수묵빛에 포개어지고 있었을까?

매월당은 그런 것은 너무나도 잘 아는 사람이었던 것이다.

* 『사제척언』·『연려실기술』 권4, '단종조', '순난제신' 참고.

매월당 김시습 3

떠돌이 거지꼴의 김시습이 서울에 들르면, 매양 그 친구 서거정이를 불러냈는데, 지체 높은 서거정 대감이 방에 들어와도, 김시습은 인사말 한마디 없이 느슨히 드러누운 채, 벽에 올려 댄 두 발의 발가락들만 깐닥 깐닥 깐닥거리고 있었다.

이걸 본 사람들은 서거정이 챙피해서도 다시는 김시습이를 찾지 않을 거라고 했지만 천만에, 그래도 서거정은 김시습이 서울에 들러 더러운 여인숙에서라도 부르기만 하면 어김없이 또박또박 찾아가서, 그 벽에 댄 발가락들 깐닥거리는 걸 보고 보고 또 보고 지냈다.

이조의 제일 시인 서거정의 눈에 그만큼 든 걸로 보면, 딴은 김시습의 그 오랜 행려의 때 낀 발가락들도 이뿌긴 꽤나 이뻤던 게다.

* 『월정만필』·『연려실기술』 권4, '단종조', '순난제신' 참고.

칠휴거사 손무효의 편모

칠휴거사 손무효 씨도 날이 가물면 하늘에다가 비를 내려 달라고 마음속으로 간절한 기도를 드려서, 비가 내리면 우산도 안 받고 그걸 맞으며 아주 좋아라고 했었습지요. 그렇지만, 아무리 빌어도 비가 안 오면 되우 큰소리로 우신雨神을 부르며 호령 호령하고 있었습니다.

"네 이놈! 비 귀신아! 네 이놈! 내 정성이 어째서 비 값이 안 된단 말이냐? 네 이놈! 네 정성이 모자라서 비를 못 내리는 것이지? 네 이놈!"

그럼 그 비 귀신도 이 호통만은 귀때기가 붉어질 만큼 잘 귀담아듣고, 그 모자라는 정성을 채우기 위해 공부를 좀 더 열심히 할밖에는 딴 도리가 없었습니다.

이렇게 살고 지내다가, 그가 세상을 뜨던 마지막 날은, 친구들 두루 불러 한 저녁을 한판 잘 마시고, 새벽녘에 부인보고 말씀하기를 —

"어렸을 때 서당에 갈 때처럼 책 옆에 끼고 또 한번 걸어가 볼까?" 하고, 책 한 권을 겨드랑에 끼고, 툇마루 아래 돌계단을 몇 차례 오르락내리락하더니, "곤해서 좀 쉬어야겠다" 하고, 베개를 베고 자리에 누워 잠이 들었는데, 잠시 뒤에 식구들이 눈여겨보니, 어느 사인지 그의 숨결은 모조리 벌써 하늘 속으로 말려 들어가 버린 뒤였습니다.

"제일 크고, 마음 좋게 생긴 바위 밑에다가 좋은 쐬주 한 항아리만 자알 묻어 두어 봐라. 잉."

이것이 그가 살았을 때 언젠가 남긴 한 가지 유언으로, 가족들은 그렇게 해 두었었다고 하니, 이 윤회하는 무한전생에, 가끔 호통하고 목이 걸걸할 때마닥은 그걸 한 모금씩 하고 쉬엄쉬엄 가는 것이 무던하기는 역시나 무던하겠군.

* 『용재총화』·『병진정사록』·『연려실기술』 권6, '성종조', '성종조명신' 참고.
* 손무효(1427~1497). 단종 때부터 연산군 때까지 좌찬성, 판중추 등의 관직을 거쳤다. 청백한 인물들의 귀감으로 유교의 성리학에 밝았으나, 이 시편에서 보면 그가 불교적인 '천지의 주인공' 의식에도 각성되어 있었던 걸 잘 알 수 있을 것이다.

돼지머리 쌍통 장순손의 운수

종묘 제사에 삶아서 쓴 돼지머리가
궁으로 다시 되돌아오는 걸 보고,
연산군이 끼리고 지내던 성주 기생이
제절로 입이 벌어져서 피식 웃으니,
왕 연산이
"왜 그러냐?"고 묻는지라,
"우리 고향 성주 땅에 장 아무개 쌍통이
꼭 저 돼지 쌍통 같아서였습지요" 했는데,
"네 이년! 네 이년!
그 장 아무개란 놈은 확실히
네년 정부이렷다?
그놈을 어서 잡아다 목 베 죽여라!" 하고,
포리들을 성주로 보내
그 장 아무개—장순손이를 억울하게는
오랏줄로 묶어 엮어 들이게 했었지.

그래 장순손이가 즈이 집에서 밥을 먹다가 잡혀
함창의 어느 못물가까정 오니,

마침 웬 들고양이 한 마리가
그 못물 아래 두 갈림길 중의 하나를
칼로 물 베듯이
성큼 가로질러 가는지라,
"과거를 보러 갈 때도 고양이가
고로코롬 가로질러 간 길로
갔더니만 찰싹 달라붙더구만도……" 하고,
포리한테 사정해서
그 길로 가서 상주 땅에 닿았는데,
상주 현감은
연산이 이미 쫓겨나며 있는 걸
비밀리에 들어서 잘 알고 있던 터라,
천천히 사알사알
장순손이를 몰고 상경하다가
운수 좋은 적당한 때에
풀어놓아 주었지.

* 『축수편』·『연려실기술』 권6, '연산조', '갑자화적' 참고.

정암 조광조론

정암 조광조가 갓 젊은 나그넷길에서 어느 집에 한동안 묵으려 했을 때, 그 집 시악씨가 한눈에 반해 홰를 치고 바짝거려 오고 있었던 걸로 보면, 조광조는 생김새도 아주 잘생긴 미남자이기도 했던 모양이다.

그러나 광조는 그 여인의 추파를 받아들이질 않고, 냉큼 딴 집을 찾아 옮겨 가려고만 하고 있었다.

여자가 마지막 작정으로 그 머리에 꽂은 비녀를 빼 광조에게 주었을 때, 광조는 그걸 위선 받아 가지고 가긴 했지만, 이내 되돌아와서 그 비녀를 그 여자의 집 한쪽 벽 틈에다 꽂아 놓고 물러가 버렸다.

어땠을까?

광조가 그때 그 여자의 추파를 받아들여 한때 히히덕거리며 즐길 수도 있는 사람이었더라면, 그의 서른여덟 살 때의 그 음독 사형 같은 건 면할 수도 있지 안했을까? 적당히 그때그때를 끌끌끌끌 히히덕거리면서 부모처자 안 울리고 살아남아 있었을 것이다.

* 『연려실기술』 권8, '중종조', '기묘당적' 참고.

황진이

황진이가 화담 서경덕이보고
"선생님하고 제가 그래도
개성 사람 중에선 으뜸일 거예요.
선생 곁에서 벌써 여러 해를
때때로 무람없이 굴어먹었어도
선생은 저를 붙어먹진 안했으니깐.
그러고 우리 사이
또 하나 으뜸을 끼어 놓자면
저 시원히 늘 쏟아지는 박연폭포쯤이겠습죠?"
선언했다는 것은 단순한 한자리의 농담이었을까?

이건 아무래도 진담이었던 것만 같다.
금강산으로, 태백산으로, 지리산으로, 어디로, 어디로,
황진이가 우의羽衣 잃은 선녀처럼 떠돌아다니다가
전라도 나주 부사의 잔치판에 끼여들었을 때,
시 읊고 거문고 타며 노래 부르기에 앞서
방약무인하게도 너무나 한가하게
그 옷 속에서 이를 잡아내 죽이고 있었던 걸로 보면

늘 그만큼 했던 그 시적 자존심으로 보아

화담한테 한 그 말은 역시나 진담이었던 것 같다.

* 『식소록』·『연려실기술』 권9, '중종조', '중종조유일' 참고.

하서 김인후 소전

전라도 장성 사람 하서 김인후는
한눈 이쁘게 잘 파는 멋쟁이로선
내 보기엔 한국사에 으뜸이로다.

왕, 명종이 벼슬 주어 상경하라 했더니
노랑 약주 몇 섬 싣고 부임해 가던 중
대숲 좋고 꽃 좋은 주막을 만나설랑
고 가져온 고 술 다 따라 마시느라고
열흘쯤 좋이 앉아 소비키도 했나니.

"엣다 모르겠다. 고향으로 되돌아가자.
병이로다. 병이로다. 남 주기 아깐 병이로다."
펑퍼짐히 뇌까리며 작파해 가고도 있었나니.

그 하서가 죽은 지 몇 핸가 뒤에
하서네 집 이웃 젊은이 세억이도 죽어서
넋이 되어 하늘로 날아갔더니
하서가 그 어디쯤 앉아 있다가

빵고롬히 웃으며 타이르기를
"자네가 너무 일찍 뭘 하러 왔나?
되돌아가 고희까정 누리고 오게."
했다는 걸 곰곰이 생각해 보면
하서는 하늘과 땅 어디에서건
천수天壽해야 할 것만은 바로 알고 있었나니.

* 『상촌휘어』·『식소록』·『연려실기술』 권9, '인종조', '명신' 참고.

산적 두목 임꺽정의 편모

'林巨ㄱ正'의 '巨ㄱ'자는 중국 한자가 아니라 순 국산 한자니, '꺽'소리 글자가 한자엔 없으므로 '巨'자 밑에 우리 자음 'ㄱ'을 하나 받침으로 더 붙여서 그걸 표현해 놓은 것이다. 순 우리말로 '꺽정스런 놈'이라는 뜻으로 불려졌던 이름이겠지.'

개성 청석령에 달 밝은 밤을
우조로 계면조로 멋들어지게
서천 군수 주선경이 퉁수 불고 가다가
산적 임꺽정이네에 붙잡혔는데,

고향 생각이었겠지, 그 퉁수 소리에
눈물이 핑그르한 도둑놈도 생긴지라,
임꺽정이는 그걸 듣고 보고 있다가
"놓아 줘라. 놓아 줘.
아무리 무서운 도둑이라도
퉁수까지 잡아서야 어따 쓰겠니?"
느릿느릿 몇 마디 뇌까리고 있었네.

그러고는 허리에 찬 칼을 풀어 주면서
"가다가 또 걸리건 이 칼을 보여라.
이 칼을 아는 자는 너를 잡진 못한다."

제법 무슨 하늘에서 나는 소리마냥으로
한마디를 더 넌지시 또 토 달아 붙였네.

* 『기제잡기』·『원교집』·『연려실기술』 권11, '명종조', '포강도 임거정' 참고.

홍의장군 곽재우 소묘

신선 곽재우가 산에서 먹고 산 건
푸른 소나무순 한 웅큼씩뿐,
그 밖엔 밥도 죽도 입에 대지 안했다.
어쩌다가 친한 친구가 와 술을 권하면
너댓 잔씩 받아서 마시긴 했지만
"미스껍다" 하고는
귓구먹으로 그것을 토해 버렸다.
가야산 방장산에서 묵을 때에는
사람들이 강권해 먹인 밥알도
귓구먹 콧구먹으로 토해 버렸다.
"내 본가는 하늘이다"고 한 건
여늬 신선이나 마찬가지지만,
임진 정유 왜란의 때에
붉은빛의 장군복은 왜 맞춰서 입었었나?
그것만은 아무래도 신비대로다.
피가 옷에 묻어도 안 보이게 하렴이던가?
하여간에 어느 어느 처절한 싸움에서도
그는 언제나 이겼을 뿐,

또 전사戰死라는 것도 절대로 절대로 하지 안했다.

* 『지봉유설』·『명신록』·『소대기문』·『연려실기술』 권16, '선조조', '임진의병' 참고.

기허 스님

날씨가 아주 좋이 밝은 날이거나,

부슬비가 소리 없이 내리는 날에, 충청도 금산의 칠백의사총 가까이 가 귀 종기어 들어 보면, 지금도 임진왜란 때의 의병장 조헌 대장과 그의 부장 기허 박영규 스님이 나즉한 소리로 말을 주고받고 있는 것이 아스라한 대로 들리긴 들려옵니다.

"내가 그때 금산으로 진군령을 내리려 하고 있을 때, 자네가 승산이 없다고 처음 반대한 것이 사실은 매우 슬기로운 일이었네. 그런데, 왜, 자네는 금산 싸움에 우리가 패망할 것을 번연히 알면서도, 자네 주장을 굽히고 나를 따라와서, 여기 이렇게 함께 묻히어 있나? 어째서?"

조헌 대장은 이렇게 묻고 있고 기허 스님은 또 아래처럼 대답하고 있는 것입니다.

"예. 그게, 그게, 시是와 비非가 동생공사同生共死도 해야만 하는 이치입지요. 때로는 말씀입니다."

* 『연려실기술』 권16, '선조조', '임진의병'·불교통사·이홍직편 『국사대사전』 상권 참고.

죽음은 산 것으로

—이순신 제독의 최후에서

이순신 제독이 남해 관음포 앞바다에서 손수 독전督戰의 북을 쳐 울리며 싸우다가 일본 해군 복병이 쏜 화살에 맞아 할 수 없이 마지막으로 죽어 가고 있을 때,

"내가 죽은 것을 알려서는 안 되니, 내 시체는 안 보이게 너희들이 가리고 서서 싸워라" 했다는 게 그 남긴 말씀이라는데,

이것은 죽어서도 안 죽는 사람의 몫을 그 뒤 영원에 되우 강하게는 인상시키고 있다. 일테면 그가 마지막 울리고 있던 그 북의 둥둥둥 소리 꼭 그것이 언제나 되풀이해 울려 나오고 있는 것처럼……

* 『일월록』·『연려실기술』 권17, '선조조', '수륙동정왜적철환' 참고.

백사 이항복

어느 날 국무회의에 많이 늦은 이항복이더러

"대감 어인 일이시옵니까?"

누가 물으니,

"오는 길에서 패싸움이 벌어졌기에 그걸 좀 구경하느라구요" 했다.

"어떤 사람들이 싸우고 있었기에요?"

또 물으니

"고자 대감은 스님 머리끄뎅이를 움켜잡고, 스님은 고자 대감 불알을 잔뜩 거머쥐고설라문" 했다.

이조 고관들의 허망한 당파 싸움이 이때도 벌써 볼 만한 판이었으니, 이만큼한 풍자도 무던하긴 무던한 세음이었겠다.

* 『순오지』·『연려실기술』 권18, '선조조', '선조조상신' 참고.

율곡과 송강

서인西人의 한 사람인 송강 정철이 같은 파의 구봉령이와 함께 율곡 이이를 찾아가서

"동인東人 김효원이는 소인이라 못 쓸 사람이니, 초당적인 그대가 좀 논박해 달라"고 하니,

율곡은 빙그레 웃기만 하고, 거기 찬성은 하지를 않는지라,

송강이 자기 집에 돌아가서 그 거절당한 느낌으로다가 시를 쬐끔 만들어 봤는데,

사람이 멍청하게 산같이만 있으니 君意似山終不動

내가 강물처럼 거듭 찾안 무엇해? 我行如水幾時回

하는, 이것이 바로 그것이다.

강물은 강물이었겠지만, 꽤나 잘 출렁거리는 강물이었고, 또 거기다가 술기운에도 얼얼히 젖은 그런 강물이었으니, 율곡의 그 미소를 어디 제대로 잘 받아 비칠 수가 있었어얘지.

*『연려실기술』 권18, '선조조', '선조조상신' 참고.

논개의 풍류 역학

어린 계집아이 너무나 심심해서
한바탕 게걸스런 장난이듯이
철천의 웬숫놈 게다니 로꾸쓰께 장군하고도
진주 남강 촉석루에 한 상도 잘 차리고,
그런 놈하고 같이 노래하며 뛰놀기도 잘하고,
그것을 하다 보니 더 심심해져설랑
바위에서 끌안꼬 딩굴다가 퐁당!
남강 깊은 물에
강제 정사強制情死도 해버렸나니,
범 냄새와 곰 냄새
마늘 냄새와 쑥 냄새
보리 이삭의 햇볕 냄새도 도도한
논개의 이 풍류의 곡선의 역학—
아무리 어려운 일도, 죽엄까지도
모든 걸 까불며 놀듯이 잘하는,
이빨 좋은 계집아이 배 먹듯 하는
논개의 이 풍류의 맵시 있는 역학—
게눈 감추듯한

동이東夷의 궁대인弓大人족의

물찬 제비 같은 이 호수운 역학이여!

* 『호남삼강록』·이홍직 편 『국사대사전』 상권.

* 게다니 로꾸쓰께[毛谷六助]는 임진왜란 때 진주성을 침략했던 일본군의 장수.

* 궁대인弓大人은 이 글자 셋을 합해 '夷' 자를 만들어서, 고대 중국인들은 우리 겨레더러 '동쪽에 사는 활 잘 쏘는 군자들'이란 뜻으로 '동이'라고 불러 우러러보며 찬양해 왔었나니……

점잔한 예모

잘된 고려청자 접시 하나의 값이
야만 몽고의 전사全史보다 위라고 생각할 수 있을 때
"고려는 몽고에 지지 안했다"고 할 수도 있듯이,
조선조의 인조는 그 점잔함으로 보아서는
청국의 침략에 진 게 아니라고 할 수가 있다.
청장清將 유해의 군이 정묘년에 서울로 쳐들어왔을 때
우리 인조 보고, 청국 예법으로
"서로 끌어안고
빰에 입맞추면설랑
손바닥으로
등때기를 두들기자" 하니깐,
"평선비의 빰에다가도
함부루
입을 못 대는 건데
왕의 용안에다 입을 맞추다니?
손바닥으로
등때기나
두드리려건 두드려 봐라" 해서

약간 에누리를 해설망정

점잔한 조선 예모를

지키기는 지켰으니깐.

* 『일월록』·『연려실기술』 권25, '인조조', '정묘노란' 참고.

새벽 닭 소리

새벽에 닭 소리는 반갑지 않은가?
특히나 우리 한국 사람으로서
첫 새벽에 닭 소리는 남 줄 수 없지?
그래서 우리 이조 인조대왕께서도
병자호란에 남한산에 숨었을 때는
그 닭 소리마자 끊기는 게 두려워
닭고길랑은 앗세 입에 대질 안했지.
그 닭 소리를 살려 들으며
입보다는 귀치레를 더 해야만 했었지.

* 『잡기』·『연려실기술』 권25, '인조조', '병자노란, 정축남한산성' 참고.

학사 오달제의 유시遺詩

'이수里數가 너무 멀어 편지도 못 보내고 地濶書難寄

첩첩이 싸인 산엔 꿈도 가다 막히는데 山長夢亦遲

내일 죽을지 모레 죽을지조차 모르겠으니 吾生不可卜

당신 배에 남은 애기나 낳아 길러 보구려 須護腹中兒'

이것은 병자호란 때의 척화신 오달제가

홍익한, 윤집이와 함께 삼학사三學士로 끌려가서

심양에서 참수되기 전에 마음먹어 써 남긴

그 아내한테 준 유서의 시다.

끝없는 인고로

끝없이 바로 살려는 마음의

이 태연,

이 청정,

이 유장,

이 꽃다움이 좋아

이것을 여기 이 한국의 하늘가에

다시 한번 옮기어 적어 놓아두는 것이다.

* 『병자록』·『우암집』·『충렬공유사』·『연려실기술』 권26, '인조조', '삼학사' 참고.

백파와 추사와 석전

귀양살잇길의 추사가 어느 날 '석전'이라는 호 하나를 지어서, 그의 심우心友인 백파 스님에게 보내며 "당신이 갖든지, 누구 가까운 제자한테 주시오" 했던 것인데, 백파는 이걸 제 차지로 쓰지도 않고, 또 육안에 보이는 어느 누구한테도 주지를 않은 채, 책상 서랍에 넣어 두고 지내다가, 드디어 이 세상을 하직하며 그 숨결이 넘어갈락 말락 할 때에사, 상좌들을 불러들여 이걸 건네주면서 말했습니다.

"……나는 아직도 이 호의 바른 임자를 찾지 못했으니, 할 수 없다. 백년 뒤건 천년 뒤건 또 만년 뒤건 인제는 너희들과 너희들의 후세 법손들이 이 임자를 기대려 찾아 주도록 해라."

그래 백파의 이 유언의 기별을 전해 들은 추사는 또 여전한 그의 귀양살잇길에서 백파 스님의 비문을 지어 써서 보내왔는데, "과연 큰사람은 손 크게 무얼 쓸 줄을 안다"는 게 그 비문의 제목이었습니다. 그러고 이 비문은 추사가 이 세상에 사는 동안에 써서 남긴 단 하나뿐인 그것이었습지요.

추사가 지은 '석전'이란 그 호는 백파로부터 일곱 댄가를 지나서 영호 박한영이란 대종사가 겨우 차지를 했고……

추사 김정희

추녀 위에 새 달 뜨는 저녁이면은
난초 잘 그린 옛 어른들 그리워,
하룻밤에 한 사람씩 따로따로 생각하며
추사는 곱배기로 약주술을 드셨지.
한 곱배길 먼저 따뤄 고스레로 뿌리고,
그 다음엔 물 마시는 달마냥으로
곱땃스레 곱배기로 약주술을 드셨지.

석전 스님

석전 박한영 스님은 열아홉 살까지 촌 서당에서 한문을 읽다가 느끼는 게 많아 중이 됐는데, 그가 소년 시절에 받아 간직한 고향 선비의 먹글씨 한 폭이 좋아서, 절간으로 옮겨 갈 때에는 이것도 같이 지니고 갔었습니다.

그래 일흔아홉 살까지 중노릇을 하고 이 세상을 떴는데, 그때까지도 이 글씨 한 폭만은 늘 옆에 두고 보고 지내다가, 숨넘어가는 마당에서야 상좌들을 불러들여 당부해 말했습니다.

"이 글씨 족자는 인제는 이 글 쓴 이의 후손을 찾아서 돌려주는 게 좋겠다. 너희들 중들에게 전해 주자니, 너희들의 운수 행각雲水行脚의 길엔 이것도 역시 무거운 짐이 될까 저어해서 그런다"는 게 그 이유였습니다.

이조 무문백자송

단군 할아버님이시여.
아사달 산 넘어, 구름 넘어서
싸드윽 싸드윽
하늘의 고향으로 아직도
돌아가시고 있는 길이옵니까?

아니면 우리가 안 잊히긴 안 잊히어서
그 고향 옥경玉京에서 다시
가만 가만 가만히
평양이나 서울 등지로
또 나오시고 있는 겁니까?

어린 손자의 한 손 이끌고
이조의 무늬도 없는 백자 앞에 서면,
단군 할아버님이시여.
당신의 그러시는 그 모양
그 너무나 멀고도 가까운 그 모양
그 빛 그대로 살아나긴 살아나는군요.

우리는 우리 그릇에 고려 때에는
당신의 그 멀고 먼 하늘빛에
약으로 쓰거운 쑥물빛도 드렸습니다.
그렇지만 그것은 또 당신의 뜻을 따라
할 수 없이 바래는 저 백자빛이 됐습지요.

영원을 하로로 알며 살아야 한다는 걸
알기는 겨우 알겠습니다만,
아스라히 서글프기도 무척은 하옵니다.
어린 손자의 한 손 이끌고
당신의 빛인 저 이조 백자 앞에 서면은요……

단군의 약밥

밥 겸 약으로서
밥도 지어 먹어얘지.

차지게는 살게시리
밥쌀일랑 찹쌀로서

호환을 면케시리
단 곶감도 달게 섞어,

가난도 좀 참게시리
좁쌀도 좀 끼워서

대추는 보양으로,
부황浮黃 막이는 고사리로,
석용石茸 버섯으로,

또 신선으로 진급용으론
신선용의 잣과 호도,

모두 섞어, 두루 얹어,

밥이요 또 약으로설랑

지어 지어 지어서 먹어얘지.

까마귀야 너무나도 배가 고파서

고로코롬 까욱까욱 울고만 있늬?

늬들한테도 좀 노나 줄 테니

시장기를 가라앉혀

점잖게 놀자.

송백수松栢樹라 늘어진 가지 밑에는

바둑판도 한바탕 벌이고 말야.

* 호환虎患을 피하는 곶감. 곶감 이야기만 하면 호랑이가 달아난다는 전설이 우리나라에선 매우 오래 전부터 내려오고 있는데, 그야 피나는 비린 것만 즐기는 범한테는 곶감이라는 게 매력이 없는 것일 테니까 그 언저리 느낌에서 만들어져 나온 이야기겠지.

제10시집

안 잊히는 일들

시인의 말

세월이 제아무리 지나가도 영 잊혀지지 않는 일들은 스스로 시가 될 자격을 갖는 것이라는 생각으로 이 시집을 만들기는 했으나, 이것들이 얼마만큼의 표현력과 전달력을 마련해 가진 것인지 막상 그 발행에 처하니 주저스럽기만 하다. 점입태산漸入泰山이란 바로 시의 일인 것이다.

68세의 지금에 이르도록까지 근 반세기 동안 나는 이 책까지 꼭 열 권의 조그만 시집들을 만들어 가졌지만, 늘 허기지고 안타까운 욕구불만으로만 일관해 온 게 사실이었다. 그렇지만 그 덕으로 나는 아직도 문학청년적인 열성만큼은 가지고 있는 자니 이거나 하나 다행이라면 다행이라 할까? 하여간에 숨결이 완전히 이 태허의 공기 속에 환원될 때까지는 숙명적인 이 열성의 뒤를 따르고 또 따를밖에는 별 수가 없다.

이 시집의 출판을 쾌히 맡아주신 대업 현대문학사에 깊은 감사의 뜻을 표한다.

1982년 12월 23일

관악산 봉산산방에서

1
유년 시절

마당

봄에서 가을까지 마당에서는
산에서 거둬들인 왼갖 나무 향내음.
떡갈나무 노가주에 산초서껀 섞어서
아버지가 해다 말리는 산엣나무 향내음.

해가 지면 이 마당에 멍석을 펴고
왼 식구가 모여 앉아 칼국수를 먹었네.
먹고선 거기 누워 하늘의 별 보았네.
희한한 하늘의 별 희한스레 보았네.

떡갈나무 노가주 산초 냄새에
어무니 아부지 마포 적삼 냄새에
어린 동생 사타구니 꼬치 냄새에
더 또렷한 하늘의 별 왼몸으로 보았네.

* 이 시 속의 '아버지가 해다 말리는 산엣나무 향내음'에는 내 아버지가 손수 땔나무를 한 것으로 되어 있으나 이건 사실이 아니고 다만 시로 하자니 '머슴이 어쩌고……' 하는 건 시맛이 달아날 것만 같아 이리 해놓은 것뿐이다.

개울 건너 부안댁 감나무

우리 집엔 감나무가 하나도 없어
모시밭 너머 돌개울 건너 마주 보이는
부안댁 감나무를 나는 꾸어서 살았지.
해가 질마재에 뜨기도 전부터
그 감나무를 멀리서, 다람쥐 새끼처럼
엿보고, 침 삼키고, 목당그래질하다간
개울물에 종아리 적시며 뽀르르 달려가서
밤새 떨어진 풋감을 줏어 세며 왔었지.
떫은 것은 자배기 물에 담거 우리며
시간일랑 깨어 있는 시간은 모조리
진짜 이 풋감 시간으로 삼고 지냈지.
그래도 부안댁 아줌마는 너그러운 분이라
물동이를 머리에 이고 내 옆을 지내실 때도
빼식이 반달웃음 웃기만 하고
'안다'는 말은 입 다물고 하시지를 안했지.

어린 집지기

어머니 할머니까지 왼 집안 식구가
들에 일하러 나간 낮에는
나는 혼자서 텡 빈 집을 지킵니다.
뒤꼍에서 늑대가 들이닥치면 어쩔까,
중이 와서 어머니를 업어 갔으면 어쩔까,
그런저런 걱정에 가위눌려서
툇마룻가에 걸터앉아 두 다리를 까닥이다간
툇마루의 다듬잇돌에 머리 대고 뺨 대고
그렁그렁 어느 사이 잠이 듭니다.
먼 산에서 울려오는 뻐꾸기 소리
다듬잇돌에도 스미는 뻐꾸기 소리에
무섬 무섬 안기어 잠이 듭니다.

백학명 스님

할머니의 한 해의 단 한 번의 나들잇집이었던 선운사.

대여섯 살짜리 나를 업으며 걸리며

시오리 산길을 걸어 닿던 초파일의 선운사.

나는 거기서 늙은 할아버지 중 한 분을 보았는데

늙었으면서도 속눈썹이 계집애처럼 유난히 길고

그 안의 두 맑은 눈망울은

내 마을 친구 중에서도 제일 친한 친구 같아서

곧 안심하고 따라다닐 수가 있었다.

뒷날에 알고 보니 이이가 그 백학명 스님으로

만해도 하 답답하면 찾군 했던 바로 그분이었다.

* 만해卍海 한용운 선사의 한시집을 보면, 백학명白鶴鳴을 그리워해 찾던 그의 심회를 표현해 놓은 시편이 보인다.

꾸어 온 남의 첩의 권주가

모시밭에 모시가 다 자랄 무렵
일곱 살짜리 나는 『추구推句』 책을 띠었는디라우.
아버지는 우리 서당 선생님보고 아조 잘힛다고
동네 술집 박순민 씨네 소실댁을 꾸어다가
권주가를 시켜 쐬주로 대접하고 있똥만이라우.
나는 고 옆에서 밀초 토막인가를 만지작이고 있었는데,
고 권주가 소실댁도 밀기름으로 잰 머리를 했고,
은비녀에,
붉은 헝겊을 삐시감이 드러낸 낭자에,
사랑니의 갓에만 묻힌 금니에,
하늘 밑에선 이 여자 하나가 그만
아무래도 제일로 으뜸이겠똥만이라우.
『추구』도 아버지도 선생님도 영영 형편이 없겠똥만이라우.

당음唐音

"아미산월가라
아미산월이반륜추하니
영입평강강수류를……"
일고여덟 살 또래의 우리 서당 패거리들이
여름 달밤 그 마당의 모깃불 가를 돌며
요렇게 병아리 소리로 당음을 합창해 읊조리는 것은
고것은 전연 고 의미 쪽이 아니라
순전히 고 뜻 모를 소리들의 매력 때문이었습니다.
그리고 또 어이턴, 모깃불의 신바람에,
달밤에 우리 소리를 울려 펴 보내는 것이었습니다.
'여자의 이쁜 눈썹' 같은 거니 뭐니
고런 생각일랑은 전혀 아니었습니다.

내 할머니

내 할머니는 어느 해 어느 날에도
밭이나 집에서 일만 하셨지,
두 손끝이 다 문드러지게 일만 하셨지,
마을 나들이 한번도 절대로 하지 않았다.
어쩌다 마을 아낙네들이 찾아와서 지껄여 대면
대꾸는 "아이고 구잡스러라" 한마디가 고작이었다.
밤에도 새벽닭이 울 때까지는
내 머리맡 웃목에서 물레를 자았다.
남편의 임종에 수혈을 하느라고
약손가락 두 마디가 없어진 할머니.
할머니가 시집올 때 가지고 온 반복班服은
시렁 우의 함 속에 담기어만 있었을 뿐,
단 한 번도 이것을 꺼내 입어 보지도 안했다.
그래 내 어머니가 추석날 같은 때
그걸 한번씩 꺼내 입어 보시군 부러워라고 하셨다.

* 반복班服은 물론 이왕조의 양반 계급의 옷.

처음 본 꽃상여의 인상

하늘도 아닌 땅도 아닌 이상한 곳에서
뜻밖에 불쑥 솟아난 듯이 꽃상여가
“어어노…… 어어노!……” 서당 앞을 지나고 있을 때,
처음 보는 나는 이 찬란에 취해서,
선생님이 뒷간으로 뒤보러 간 사이
아이들 따라 뛰쳐나와 빨려 들어가고 있었지.
좋아서 낄낄거리며 잠겨 들어가고 있었지.
그런데 내종에 선생님께 붙들려 가서는
아푸게 회차리로 아푸게 종아리를 맞았지.
‘괘니 때려!’ 그때 속으론 생각했는데
그건 지금도 마찬가지 생각이지.
꽃상여도 어린아이들처럼 기뻐게 구경하는 것이
사실은 바로 맞는 일일 테니까.

2
만 아홉 살에서 열두 살까지

용샘 옆의 남의 대갓집에서

서해 대룡大龍이 오십 리의 땅 밑 굴을 헤엄쳐 와서
오복五福으로 승천한 자리에 고이는 우물물.
그러니까 소금 전혀 안 쳐도
오복의 간간한 맛까정 다 되어 있다는 우물물.
그 우물가의 대갓집으로
참 운수도 좋게 나는 아홉 살에 이사를 왔네.

집채의 수효는 늘푼수 좋으라고
가장 많은 숫자 9자를 골라 아홉 채.
대문과 중문의 수효는 팔자 좋으라고
두루 합쳐서 자그마치 여덟 개.
방 칸 수는 주역 64괘에 딱 맞추아
예순 하고도 또 나머지 네 칸인데,
팔도 갑부 집주인이 서울로 이살 가서
우리가 그 빈집지기로 날아들어 왔었지.

이게 그게 제 팔잔지 남의 팔잔지
아홉 살짜리한테 무슨 아랑곳인가.

번질번질 툇마루들은 미끄럼 타기 좋아서
이게 웬 떡이냐고 미끄럼만 지쳤네.
아무렴 정말로 신바람 났지.

* 전북 부안군 줄포의 이 대갓집은 이조 말기의 전남 동복 현감이었던 김기중 영감댁으로서, 내 부친이 가난하여 그의 서생이고 농감이었던 관계로, 그 댁이 서울로 이주 간 뒤 우리가 그 집지기로 들어왔고, 나는 이 집에서 줄포공립보통학교(국민학교)엘 다녔었다.

만 십 세

우리 뒷집 곽 참봉 따님 남숙이는 열일곱 살인데
토실토실 성글성글 고분고분하여서
열 살짜리 내게는 세상에서 젤 좋았지.
연필로 패랭이꽃 본을 그려 떠 놓곤
그 속에 색칠하는 걸 나보고 하라면
몇 꽃잎은 언제나 선 밖까정 튀어나와
그것 한 가지는 미안했지만,
걸대에 맨 그네에 남숙이가 걸터앉아
나보고 뒤에서 밀어 달라 할 때는
너무 좋아 쟁끼웃음 터트리고 있었지.
그래서 그 뒤에는 그네는 물론
무엇을 여자하고 같이 할 때에거나
타는 것보다는 미는 편이 되었지.

국화와 산돌

산에 가서 땀 흘리며 줏어온 산돌.
하이얀 순이 돋은 수정 산돌을
국화밭 새에 두고 길렀습니다.

어머니가 심어 피운 노란 국화꽃
그 밑에다 내 산돌도 놓아두고서
아침마다 물을 주어 길렀습니다.

* 만 열한 살.

서리 오는 달밤 길

어머니가 급병이 나서, 나는 삼십 리 밖에 가서 계시는 아버지한테 알리러 산협 길을 달려갔습니다. 아버지를 모시고 돌아올 때는 맑고 밝은 달빛에 서리가 오는 쓸쓸키만 한 밤이었는데, 어느새 새벽녘인지 먼 마을에선 울기 비롯는 교교한 수탉 울음소리도 들려오고 있어, 나는 칩고 외로워서 아버지의 하얀 무명 두루매기 안으로 들어서서 그의 저고리 한쪽 끝을 단단히 움켜잡으며 걸어가고 있었습니다. 그러다가는 또 뛰쳐나와서 땅과 하늘에서 일어나고 있는 일들을 두리번거려 보고 듣고 있었습니다.

무성한 갈대밭 위로는 문득 몇십 마린가 기러기 한 떼가 끼르릉 끼르릉 하고 그 소리의 종성인 'ㅇ' 소리를 여러 개의 종소리의 여운처럼 울리며 날아가고 있고, 또 내가 걷는 길 밑에 산협 강물은 남실남실 차 있었는데, 아버지는 이걸 "참때로구나" 하셨습니다. 바다에 만조 때가 되어서 그 조류가 산협의 강물을 떠밀며 몇십 리고 거슬러 올라오고 있다는 뜻입니다.

그래 나는 어느새인지 치위도 외로움도 잊고, 이 모든 것의 구성은 아주 좋다는 느낌을 갖게 되어 있었습니다. '구성構成'이라는 그런 한자 단어는 아직 몰랐으니까 그런 말을 써서 그런 건 아니지만요.

그래서, 이날밤 내가 느낀 이 구성은 이 뒤에도 내가 사는 데 한 중요한 표준이 되었습니다. 물론, 이만큼도 못한 것은 승겁다고요.

첫 질투

복도꽁[朴東根]의 나이는 벌써 스무 살.

우리 소학교 3학년에선 제일 힘이 장산데,

뾰쪽구두 신은 일본 여선생님이

소풍 가서 발병이 나 못 걷게 됐을 땐

그네를 등에 업고 으시대고 걸었지.

내 나이는 이때에 만으로 열한 살

복도꽁이 부럽고 질투가 나서

눈창이 뜨끈뜨끈 뚫고 있었지.

내가 고 여선생을 업었으면 좋 텐데

힘이 아직 모자라서, 질투가 생겨나서……

* 이때, 우리 줄포공립보통학교 3학년 학생 중에는 스무서너 살 먹은 애아버지도 더러 있었다. 박동근이를 '복도꽁'이라고 일본말 발음으로 불러 놓은 까닭은, 이때 우리 3학년 담임 선생이었던 일본인 여선생인 요시무라 아야꼬 선생께서 출석 부르실 때 늘 그렇게 부르셨으므로 그때 들은 인상 그대로 적은 것이다.

첫 이별 공부

요시무라 아야꼬 여선생님은
무우 장다리밭 옆에 서면은
그 열 손톱의 열 개 반달이
제일로 제일로 이뻤지라우.
2학년 때 난 5등으로 떨어졌는데
3학년 때 이 일본 여선생님이 와서
또 1등으로 히주었지라우.
겨우 1년 만에 떠나가게 되어서
나는 긴 깜정 양말과 '로오도구리무'를 사드렸지라우.
합승차가 그네를 태우고 마을을 빠져나갈 때에는
그 차 앞에 가 내 패들이 쭈그리고 앉아서
한 식경 동안은 못 가게도 힛지라우.
그네도 많이 울고 나도 많이 울어서
첫 이별을 나는 또 공부힛지라우.

* 로오도구리무는 이때에 일본인들이 이 발음의 말로 만들어 팔던 화장용 크림.

어린 눈에 비친 줄포라는 곳

닷새마다 서는 장에서만 보이던
그 늙은 생강장수 할아버지.
그 걸죽한 흰 수염과 흰 머리 땋아 늘인
씨익 웃음 묘하던
그 늙은 총각할아버지.
이 생강장수가 아무래도
줄포茁浦의 나날에서는 으뜸 아니었던가.

호떡 구워 파는 청인清人들이나,
상해 옷감에 양말 파는 청인들이나,
누깔사탕집, 국숫집, 목간통집 일본 사람들이나,
시궁창 옆 진펄길에, 선창가에 흩어진
우리나라 사람 누구나 대강은 건달이어서
이 생강장수만큼은 아무래도 못허던디라우.

갈대밭에 갈똥게나 기어다니는 것,
가을부턴 기러기가 이 위를 날으는 것,
봄이면 울타릿가에 밥테기꽃이나 피어나는 것,

아니면 고무신 울대 넘는 쌔깜한 진흙길에서
어쩌다간 한번씩 1전짜리나 하나 줏는 것,
그런 거나 제일 좋은 재미였어라우.

하 심심하면 합승자동차 정류소 집으로
그 매캐한 휘발유 냄새를 맡아 보러 갔었지.
마늘종 냄새보다 훨씬 더 찐한
그 새로운 냄새를 맡아 보러 갔었지.

봄가을의 선창가에선 날마다 둥더덕궁
뱃사람들과 갈보들이 껑충거리는 게 보였지만
무슨 지랄인지 알 수도 없고,
머슴놈이 빈 사랑방에 계집애를 꼬아 들여
×을 하고 나서 나보고 또 허라 해도
난 아직 어려서 그것도 못힛지라우.

반공일날 할머니집 찾아가는 길

솔숲 지나 대숲 지나
콩밭, 콩밭, 들깨밭.
반공일半空日엔 두고 맡는
들깨밭 냄새.
할머니 막 그리워지는
들깨밭 냄새.

이 들깨밭 지나서
소하 나룻배 타면은
흰 상투 흰 수염의 장승 같은 뱃사공
노질해서 건너 언덕에 나를 내렸네.

그러곤 또 들깨밭.
들깨밭, 콩밭.
들깨밭 콩밭 넘어
대수풀, 솔수풀.
할머니 더 그리워지는
솔숲 송진 내음새.

* 소하沼河는 바다와 산협으로 꽤나 깊이 들어온 언저리에 이루어진, 진펄의 늪마냥 생긴 곳으로, 내가 이사해 살며 소학교를 다니던 줄포와 여기에서 30리허許의 할머니 계신 내 생리生里와 선운리 사이에 가로놓였던 나룻길이었다.

3
만 열세 살에서 열여섯 살까지

중국인 우동집 갈보 금순이

내가 열세 살 때
나를 이성으로 처음으로 끌어안아 주었던 가시내.
그 '긴쓰루 향유'의 쌍내 싸아하게 풍기던,
땋아 늘인 머리채가 허벅지까지 닿던,
그 줄포의 중국인 우동집 갈보 금순이는
지금은 어디서 무얼 하고 있는고?

내 소학교 5학년 때 급우—스무 살짜리 김막동이가
장가간 턱으로 중국집 우동을 한 사발씩 친구들한테 샀을 때
그 우동상 옆 갈보로 취직해 다붙어 있던 가시내.
끄니와 옷과 능욕 가음으로만 취직해 있던 가시내.
임질이니 매독 그런 병도 그네는 꽤나
치르었을 것인데,
그런 걸로 문드러져서
지금은 어느 무덤 속에 백골로나 안착했는고?

나 같은 어린애들도 가위 바위 보로
그네를 어떻게든 맡아 다룰 수도 있었던,

그래 내가 이겨 골방으로 끌고 들어가기도 했던,
그러나 아직도 사내 노릇을 모르는 나 같은 애숭이는
그저 그저 끌어안고 딩굴어 주기만도 했던
금순이 금순이 우리 금순이는 지금 어디 있는고?

닐니리 노랫소리도 꽤나 이뿌던,
눈매 가냘프던,
이빨도 쪼록쪼록은 희던
그 금순이는 시방 무엇이 되어 있는고?

* 내 소년의 때는 꼭, '땀도 못 내고 죽을 염병앓이'만 같았다. 이 시에서 열세 살 때라 한 건 만 열세 살 때. 이해에 나는 줄포공립보통학교 5, 6학년 과정을 한 해에 다 배웠다.

광주학생사건에 1

1929년 11월 어느 날
광주학생사건이 서울에서도 불붙어 일어났을 땐
나는 만 열네 살의 중학 1년생이어서
멋도 모르고 데모대의 상급생들 뒤를 따르며
단지 호기심으로만 "조선독립만세!"를 외치고 갔었지.
조선총독부 앞까지 오니
기마경찰대는 우리를 양 떼처럼 에워싸 몰고 갔는데,
경찰서 마당에 우리를 모아 세워 놓고는
하나씩 따로따로 방으로 끌고 가서
웃통을 셔츠까지 두루 다 벗기고
가죽 채찍으로 일률적으로 열댓 번씩 되게는 갈겨 댔었지.
그러구서 우리 많은 졸개들은 풀어 내주었지만
그 뒤 여러 날을 두고 그 맞은 자리가 아파서
밤자리에서도 반듯이는 눕지 못하고
약이 올라 혼자서 종알대고 있었지
"백정놈의 새끼들 어디 두고 보자!"고……

* 1929년 11월 어느 날 오전, 광주학생사건이 서울 계동의 중앙고등보통학교에도 불붙어 일어났을 때는, 나는 거기 1학년생이었다.

염병

내 만 열다섯 살의 중학 2학년 봄이 짙을 때부터는
나는 웬일인지 모두가 다 불쌍해서 견딜 수가 없었네.
그래서 하숙도 일류에서 하류 빈민촌으로 옮기고,
새 구두도 벗어 내던져 버리고,
노동자들이 신는 그 '지까다비'를 신고 다녔네.
불결한 싼 음식만을 골라 사먹고 다니다가
마침내는 땀도 못 내고 죽을
그 지독한 염병쟁이가 되고 말았네.
마을 밖 외딴 곳에 격리 수용이 돼서
아버지는 단념하고 내 곁을 뜨고
어머니만이 혼자서 내 염병에 다붙어서
"나를 대신 잡아갑소사" 기도만 하고 계셨네.
그렇지만 그 40도 넘는 고열 속에서도
나는 날아다니는 피터팬처럼
한 마리 환상의 새가 되어서
참 많은 산과 바다를 떠돌고 있었네.
정체 모를 진절머리의 이 황야 위를
날으는 연습만을 되풀이하고 있었네.

광주학생사건에 2

염병이 나아서 머리털이 훌라닥 빠져 가지고
2학기에 복교하니, 재미라고는
쉬는 시간에 학교 뒤 언덕 밑에서
빵떡이나 사먹는 거나 그중 나았네.

그래서 '깐디'라는 별명 붙은 녀석이
"광주학생사건이나 한번 더 해보자"고 해
그거나 근사해서 그 주모의 하나가 됐었지.

그러신데, 푸른 수의에 용수를 쓰고
미우라 검사한테 나아갔더니
"너, 어머니 보고 싶지?" 해서
그만그만 체면도 잊고 울음이 터졌었네.
그래서 기소유예로 풀려나는 바람에
이 수훈 갑에서도 나는 또 밀려나고 말았지.

아버지의 밥숟갈

아버지가 들고 계시던 저녁 밥상머리에서
나를 보시자 떨구시던 그 밥숟갈.
정그렁 소리내며 떨어지던 밥숟갈.
광주학생사건 2차 연도 주모로
학교에서 퇴학당하고 감옥에 끌려간 내가
해어름에 돌아와 엎드려 절을 하자
제절로 떨어져 내리던 아버지의 밥숟갈.
……그래서 나는 또
아버지가 끼니밥도 제대로 못 먹게 하는
대불효의 자격을 또 하나 더 얻었다.

광주학생사건에 3

1931년 봄 전북 고창고보에 편입학을 했더니
"넌 중앙에서 퇴학 맞고 온 서정주지?
난 ××에서 퇴학 맞고 온 ××다!
여기서 올에도 한번 더 잘 해보자!"
여러 놈이 다가와서 이 성화인지라.
의리상 나 혼자만 빠질 수나 있어얘지?
그래서 비밀회합이니 백지동맹이니 뭐니
또다시 수상한 놈이 안 될 수도 없었지.
그래도 이 학교장은 우리를 불러들여
"너이를 퇴학시키라고 경찰에선 야단이다.
그렇지만 그러면 딴 학교도 못 갈 거니
너이들 스스로 자퇴하고 나가거라."
간절히 나즈막히 당부하신 걸로 보면
역시나 우리하고 통하는 데도 계셨지.

동정상실

함박눈이 두두룩히 내리는 날은,
여남은 마리 황소 떼를 몰고 길 가는
턱수염 존 소장수가 나는 겁났네.
그 까닭을 아래에다 말씀해 봄세.

열일곱 살 겨울의 어느 함박눈 때엔
나는 고향서도 깡그리만 쫓겨나서
정처 없이 발길 따라 신작로를 갔는데,
길가에 피문어 건 구멍가게가 보여
"막걸리 있소?" 하고 들어섰더니,
"치운데, 총각, 방으로 들어가지?"

서른 살쯤의 뜨시히 생긴 여자가 받아들여 주어서,

들어가 보니, 양철 화로에는 짚 화롯불도
그래도 두 손은 잘 녹이여 주는지라,
붓거니 권커니 두어 되는 마시다가
그 여자가 그만 나를 잡아당겨서

나도 그만 그 여자를 보듬고 딩굴어서
눈깜짝 새 ××를 벼락치듯 했는데,

뒤에 알고 보니 이 여편네 남편은
이 근방서도 무서운 그 털보 소장순지라,
그 뒤로는 이 집 앞을 지날 일이 생기면
마음 써서 멀리멀리 논둑길 밭둑길로
돌아서 돌아서만 다녔었지.
그래서 그 두두룩한 함박눈만 내리면
수염 좋은 소장수가 나는 제일 겁이 났었지.

그러신데, 또 훨씬 뒤에 더 잘 자세히 알아를 보니
그 무서운 털보 소장수로 말하면
영 아이는 못 낳는 ××라서
마누라는 셋이나 얻어서 살았으나
오십에도 씨앗이라곤 하나투 없었대나.
그래설라문 둘째하고 셋째 마누라보군
"이년들아, 길 가는 나그네 누구하고라도 붙어

씨동자 하나만 벌어들여 도라."

신신신신 당부해 오고 있던 판이었대나.

이거야 정말 웃기는 일이었지.

그래서 이것까정 다 안 뒤로부터는

인제 내겐 함박눈도 웃기는 게 되었네.

* 이 제목의 사건이 생긴 건 1931년, 내 나이 만 16세 때 겨울의 일이었다. 지금 많이 미안하게 생각하고 있다.

혁명가냐? 배우냐? 또 무엇이냐?

두 번이나 학교를 쫓기어 나서,
부모 대할 면목도 전혀 없어서,
살살살살 눈치보며 드나들다가
일금 삼백 원을 아버지 궤에서 훔쳤네.
중국 상해로 도망쳐 가서
독립당의 혁명가나 돼버릴 작정이었지.
그것이 서울에 와 우연히 우연히
어느 가야금꾼의 가야금 옆에 놓이게 된 것이,
"여보소 여보소 이 나그네야
이내 속사정이나 들어를 보소"의
그 소리 바짝 옆에 놓이게 된 것이,
상해 가서 육혈포를 사는 대신에
멋쟁이 넥타이 양복 한 벌 맞추아 입곤
극예술회의 배우 지망생으로나 한눈을 팔게 되었네.
고골리의 그 웃기는 〈검찰관〉에 조연이었지.
그러신데, 그것도 잘은 몸에 안 배여
경성 부립 도서관에나 가서
뚜르게네프의 연애소설들이나 읽고

빈둥빈둥 노는 거나 가장 좋게 되었지.
전문專門으로 온전히 누워만 있기 위해선
깊은 산속 암자에 가 한겨울도 났었지.

* 이 시 속의 이때의 삼백 원은 지금이면 아마 삼백만 원에서 오백만 원쯤의 값일 것이다.

4
만 열여덟 살에서 스무 살까지

얼어붙는 한밤에

얼어 죽는 사람이 어떻게 해 죽는가도
나는 열여덟 살 때 어느 겨울밤엔 이미 알았다.
영하 20도의 얼어붙는 밤 자정을
청계천의 수표교 다릿가를 뛰어가며
다리 밑 움막집 거지 식구들에게
"여보시요! 여보시요! 여보시요!
오늘 밤만 같이 좀 부쳐 재워 주시요!"
소리소리 질러 봐도 소용이 없고,
"이놈아! 우리도 너무나 좁아!"
이 대답만이 치위를 도와 울리어 나왔을 때,
갈 곳은 아무 데도 생각이 잘 안 났을 때,
이러다가 내장이 얼어 죽는 사람의
그 얼어 죽는 고비란 것도 알게는 되었다.

미사와 나와 창경원 잉어

혁명가도 배우도 소지주의 아들 노릇도
제대로는 안 되어 나는 뚜르게네프나 읽고,
신경 쇠약도 가야금도 두루 겨우면
미사는 철사를 휘고 갈아 낚시나 만들었지.

창경원에 벚꽃 한창인 봄밤에는
여느 사람들은 구경을 갔지만,
미사와 나는 그 속에 끼어 스며들어가
수정 앞 못물귀에서 잉어를 낚았지.

미사는 두루매기 안에 자루까지 끄리고
잉어를 낚아 담을 자루까지 끄리고,
귀 빠진 곳 솔 그늘에서 카스테라를 뿌리며
비호같이 이무기같이 숨어서 낚고,

나는 저만치 서 미사 몸을 가리며
휘파람도 사알사알
유창하겐 유창하겐 망을 보고 있었지.

이 스릴 하나가 그래도 상지상上之上이었지.

그래서 낚아다 먹던 그 잉어의 맛
그것 한 가지나 그래도 쓸 만했었지.

* 미사眉史는 내 청춘 때의 외우畏友 배상기 씨의 아호. 그는 나보다 나이가 5년인가 위였고, 또 내 모교 중앙고등보통학교의 선배였다. 한시와 가야금, 거문고를 잘했다. 그가 지독한 신경 쇠약을 졸업하고 있을 무렵에 나는 그를 만나 상기의 짓도 하게 되었던 것이다. 그가 내 눈에 안 보이게 된 지 34, 5년 되는데 풍문에는 아직도 어딘가에 재세 중이라 한다. 건재하기만을 빌 따름이다. 이 시 속의 행동은 1933년 봄, 즉 내 나이 만 열여덟 살 때에 있었다.

넝마주이가 되어

열여덟 살 때 가을에 나는 한 넝마주이가 되어
무거운 구덕을 등에다 메고
서울의 쓰레기통들을 뒤지고 다녔네.
이것 한 가지나 마지막 할 일인가 싶어
이 구석 저 골목 두루 뒤져 다녔네.

하루 종일 주은 걸 팔아도
20전밖에 안 되는 날은
아침은 5전짜리 시래깃국밥,
점심도 5전짜리 호떡 한 개,
저녁만 제일 싼 10전짜리 밥을 사먹었네.

정동의 영국 공관 뒤 풀밭에서 쉬노라니,
분홍빛 장미 같은 앵키 소녀가 지나가며
유심히 보고는 얕잡아 외면하는 눈초리,
그것에는 부끄럼도 화끈히 솟으며……

그래도 일본인 집 쓰레기통에서는

쓰다 버린 그 '유담뿌'라는 것도 하나 줏어서
범부 선생에게 선사도 했었지.

범부는 그걸 받고 시를 하나 썼는데,
'……쓰레기통 기대어 앓는 잠꼬대를
피리 소리는 갈수록 자지라져……'
그런 귀절도 끼어 있었네.

* 유담뿌는 일본인들이 그들의 온돌 아닌 냉방에서 잘 때, 더운 물을 담아서 안고 자는 용기.
* 범부凡夫 선생은 소설가 김동리의 큰형님. 나이는 동리나 나의 아버지뻘이 되던 분으로, 지금은 고인이지만 동양 사상에 정통한 철인이었다. 물론, 나는 이 넝마주이 행각도 그 불성실한 것이 자각되자, 사흘 만에 이내 치워 버렸다.

석전 박한영 대종사의 곁에서 1

내가 넝마주이를 한 사실 하나 때문에
나를 하늘에서 온 신선 친구나 되는 것처럼
함박꽃 웃음으로 맞이해 주시던
꼭 국민학교 동기만 같던 박한영 스님.
"자네가 그래 정말 그런 즛도 해 봤단 말이여?
도골道骨이군. 도골이군. 잘해 본 일이여.
그럼, 그것은 해 보았으니깐
이제부턴 나하고 같이 공부나 해 보세!
낄낄낄낄낄낄낄! 잘 왔어! 잘 왔어!
딴 데로 가지 말고 공부나 같이 해 보아!"
하시면서 내 손잡던 박한영 스님.
그래 이 하늘 밑에서는 단 하나뿐인
새벽 노고지리의 치솟는 웃음소리만 같던
그 웃음 따라 나는 그 곁에 머물렀다.

* 박한영 스님의 아호는 영호, 시호는 석전, 승명은 정호, 속성은 박한영. 근세 이래의 제일 석학 대덕大德 스님. 청담과 운허 등이 그의 상좌였고, 만해 한용운 스님과 위당 정인보, 육당 최남선, 춘원 이광수, 신석정과 필자 등의 속인들도 그의 문하에서 한동안씩 배워 큰 힘을 입었었다. 일정 치하 때의 이 나라 불교의 최장기 대표, 중앙불교전문학교(현 동국대 전신)의 교장직도 오래 겸임했었고, 또 서울 동대문 밖 개운사 대원암의 조선불교 중앙강원의 원주로서 불경의 전문교육에 특히 주력하셨다.

석전 박한영 대종사의 곁에서 2

1934년 봄 진달래꽃 공기에
절 뒤채 툇마루에서 담배를 피우노라니,
누가 귀창이 쨍히 울리는 소리로
"야! 정주, 거 굴뚝 같구나!
이 맑은 날에 미안치도 않은가 뵈?
최남선이는 서른셋까지 피우던 담배도
공부하노라곤 끊기도 했는데,
자네 나이에 그래 가지고 마음이 어찌 되지?……"
하고 있어, 눈여겨보니 석전 스님이었다.
그 말씀의 뜻보다도 그 소리에서는
애처러워 못 견디시는 울이 뻗쳐 와서
나는 손에 든 담배를 무심결에 떨구었다.

그 뒤 며칠 뒤에 그분 방에 불려 갔더니
"자네는 중노릇할 그릇은 아닌가 부네.
이백이니 소동파니 그런 사람들마냥으로
황새처럼 화알화알 날아다니면서
시나 쓰고 어쩌고 살 사람인 모양이여.

자네 그러지 말고
우리 불교전문학교에나 들어갈 채비를 하게.
거기 가서 제자백가 시문 배워서
시인이나 되는 게 그중 나을라나 뵈."
그러셔서, 나는 또 학교 갈 준비를 하고,
그 덕으로 해방 뒤엔 동국대 교수도 되어서
안 굶고 시를 쓰며 살게도 되었다.

* 동국대학교의 전신은 혜화전문학교였고, 또 그 전신은 중앙불교전문학교였던 것이니, 나는 석전 스님이 지시하셔서 들어간 그 중앙불전 출신자의 자격 하나로, 그 많은 시인들 중에서 뽑히어 동국대 교수가 될 수도 있었던 자인지라, 지금도 석전 스님의 그 깊은 배려의 선견지명에는 감동하지 않을 수가 없는 것이다.
이 시 속의 일이 있던 다음 해, 1935년 봄에 나는 그 중앙불교전문학교엘 들어갔다.

금강산으로 가는 길 1

석전 스님더러
“금강산에 가 참선을 해 보겠습니다” 하니,
내 속을 빤히 들여다보고 웃으시며
“금강산 구경이겠지? 다녀서 오게” 하고,
그가 신던 편리화를 내게 물려주었다.
그러고는 아마 삼천대천세계로였겠지
잠시 잠깐만 외면하시더니
“걸어서 가는 게 썩 좋겠구만” 하고,
씨익 또 한 번을 웃었다.

때는 음력 오월 초이틀이던가? 사흘이던가?
나는 흰 모시 다듬이 두루마기에
밀짚 벙거지를 머리에 얹고,
목적보다야 가는 도중이 너무나 좋아서
물살같이 금강산으로 달려가게 됐었지.
첫날밤은 양주 망월사에서 잤는데,
먹고 자야 하는 이 몇음이
처음엔 못내 못마땅키도 했지만

밤에
서울서보다 훨씬 더 큰 별들이 뜨는 걸 보군
세어 보는 씽그러움을 알아차리기도 했지.

이튿날은 연천 심원사까지 갔는데,
여기서는 재齋 지낸 쑥떡을 한 보재기 싸주어서
그걸 들고, 순 뻐꾹새 소리만을 들으며
철원 도피안사를 향해 치달리고 있었네.
산골 물에서 빨래하던 눈매 고은 계집애가
나를 보고 낮달같이 미소 짓던 것
칠십 다 된 시방까지도 잊을 수 없네.
아무렴 내 생애서야 상지상의 보물이었지.

마후래기 춤처럼 나흘째를 걸어서
금성 천불사엘 잘새마냥 날아드니,
세상에 의심증은 여기도 아직 남아서
나보고 천수염불을 외어 보라더군.
공밥 먹여 재울 만한 진짜인가를

시험해 보자는 속셈이었지 뭐.
거기 통과하고 나니 좁쌀밥 대접인데,
이런 밥이 특미인 것도 비로소 알게 되었지.

용하시여. 용하시여.
우리 석전 스님은 용하시여.
이런 맛을 두루 미리 알아차리시고,
걸어가며 골고루 맛보게 하셨으니
정말 정말로 정말로 용하시여.

단발령에서 장안사로
—금강산으로 가는 길 2

서울에서 닷새를 걸어 단발령에 올라와,
신라 망해 여기 넘던 마의태자 생각하며
해 질 녘을 누엿누엿 창도 향해 내리노라니,
웡머식한 사내 하나이 쓴웃음으로 다가오기에,
"여보시요. 댁에 어디 하룻밤만 부쳐 주구려" 했지만
"우리도 단칸방이라서……" 하며 넌즈시 사양하여,
나는 또 단발령에서 장안사까지의
5, 60리 밤길 묘미를 차례 받게 되었다.
호랑이 냄새도 없지는 않은
무섭고 아프고 배고픈 길을
허덕허덕 가야 하는 막다른 묘미—
이것도 차례 받아 맛보게 되었다.
원망이나 절망이나 낙오보다도 더 고단하지만
쓰리고 쓰리면서도 훨씬 더 훤출한
'인자人子에겐 집도 없노라'의 그 묘미도
그전보다 좀 더 쎄게 맛보게는 되었다.

* 창도昌道는 단발령에서 내금강 장안사로 가는 사이에 있는 마을.

내금강산의 영원암
작약 꽃밭 속의 송만공 대선사

마하연에서 명경대를 넘으면, 천국의 입구처럼
난만히 피었는 적작약 꽃밭.
그 꽃밭 위에 소슬히 솟은 영원암 먹기와집.
그 집 큰방 들어서니
모조리 모조리 선녀들 웃음판인데
만공은 그 아랫목에 만고호걸로 앉었더라.

맥아더 장군의 형 푼수의 풍신으로,
도화빛 번쩍이는 이뿐 두 볼로
가지가지 꽃 같은 젊은 여자들 웃음 속에
"아, 그래? 아아, 그래?"
아 그러고만 앉았더라.
"스님을 모시구서 선禪을 해 보려구요."
내가 흥분해서 소리 높여 아뢰니,
"천천히 합시다. 위선은 나가 놀고,
금강산에 왔으니 구경도 좀 하시구……"
그러구는 날랑은 본체만체 놓아두고
또 "아, 그래?" 또 "아, 그래?"

또 "아, 그래?"만 하고 있더라.

그리해서 이내 몸은 안달이 닳아
비로봉에 올랐다간 구룡연으로,
해금강으로 어디로 돌고 돌다가
장전에서 기차를 타고 서울로 돌아왔노라.

* 이 대궁정의 송만공 스님 곁에 지금의 나라면 유쾌히 기다리며 머물렀으리라. 그러나 이 시 속의 때에는 나는 아직도 자발머리없는 한낱 애숭이였던 것이다.

5
이십 대 시편 1

성인 선언

반 안에서 시계를 잃어버린 학생이 있어,
"누가 훔쳤나?"
이 학생 저 학생 눈칠 보고 있더래도
점잖게 가만히만 있으면 다 되는 것인데,
나는 그 눈치 보기가 나를 스치는 걸 보고는
참지 못해 가슴에서 열이 복받쳐
"밖으로 나가자!"고
그 시계 잃은 권력가를 끌고 나갔다.
그러고는 목청을 다 해
"이놈아! 잘못해서 잃었으면 잃었지
어쩌자고 누굴 모다 의심해야 해?"
햇볕에서 고래고래 소리치고 있었다.
그래서 그 뒤부터 어떤 학생들은
"이상한 놈이다.
제가 안 훔쳤으면 그만이지
무엇이 저려서 그 꼬락서니야?"
의심하는 눈초리로 나를 보게 됐는데
아마 이 혐의는 영원할 것이다.

하여간에 이때의 이 선언 하나가
내가 처음으로 성인 되던 해
사각모 쓰고 뱉어 낸 맨 처음 것이다.

* 1935년, 이 시의 때에, 나는 서울 혜화동에 있는 중앙불교전문학교(동국대의 전신) 문과 제1학년 재학 중이었다.

시인 당선

1935년 가을 「벽壁」이란 절망의 시 한 편을 써
동아일보 독자란에 투고했더니
겨울이 다 되어도 발표가 안 돼
또 몰서沒書로구나 단념했는데,
12월 어느 날 동아일보 등기 편지가 와
펴 보니 그 「벽」이 신춘문예 당선이래나.
문화부 책상 위에서 딩굴어 다니다가
신춘현상 원고하고 범벅이 된 거겠지.
그래 이해엔 역작이 너무나 없어
그게 다 운 좋게 뽑혀 나온 것이겠지.
살다 보면 이런 운수도 있긴 있는 것이라.

ㅎ양

실버들 늘어진 네 갈림길에서

이쁜 암여우가 둔갑하여

"아이갸나!" 튀어나오는

아지랑이랄까? 그 허리의 사향 주머니랄까?

그때 성황당에 걸어논 비단 헝겊이랄까?

나는 선잠에서 깬 어느 때부턴지

바람 불 때마다 싸아한

여기 말리어 헤매 다니고 있었다.

여러 달밤이 이울 때까지

전신주처럼 서서 울며

또

양말 뒤축이 다 빵꾸 나도록

이 도량道場 안을 헤매 다니고 있었다.

그리하여

내가 풀려나기 비롯한 것은

내 빵꾸 난 양말의 발꼬린내에

그네가 드디어 못 견디어서

양말 안 빵꾸 나는 사내에게로
살짝 그 몸을 돌려 버린 그때부터다.

해인사, 1936년 여름

뚱뚱하게는 웃음 잘 웃는 주모 노파와
북어에 막걸리를 너댓 되씩 마시면서,
그 옆골 맑은 시내에 들어 한 식경씩 잠기면서,
보리밭에 쟁끼들이 끼르륵 날아오르는 것
발가락 발가락으로까지 아조 잘 들으면서,
보리밭 밑 작약꽃 옆에 총각 머슴 녀석이
괜시리 귀때기까정 낯 붉히고 서 있는 것
젊은 안주인 데불고 낯 붉히고 서 있는 것
슬쩍슬쩍 음미하며 질투도 좀 하면서,
내 방으로 들어가선 안으로 문고릴 잠그고
부끄러운 부끄러운 ×도 올리면서,
밤이면 솥작새의 밤하눌에다
창이란 창은 모조리 열어 놓고는
몰려드는 박쥐 새끼 때려잡아서
벽에다가 못 박아 책형磔刑도 하면서,
해 뜨면 절간 소학교에 가
아이들을 가르치고 서 있었나니……

우리 시인부락파 일당

옥사한 아버지의 유서를
저고리 안 호주머니 속에 감추고
함형수는 성북동의 휘영청한 달밤을
하모니카로 도리고의 〈세레나데〉를 불면서 가고,

'구강산 칡넌출은 청석 바위에 다 감기네.
누가 나한테 사랑을 하노.
바윗새 물맛은 달기도 달아
목 놓고 울기사 했네.
간 이는 간 이는 다시 없네.'
김동리는 아예 산에 숨어 버려서
이런 시나 보내곤 나오지도 않고,

농창하게 익은 과부의 제비로 뽑혀
코피를 흘리고 나온 오장환이 녀석에게
나는 독한 빼갈을 마시는 공부를 시키고 있었다.

이갑성 선생의 큰자제 이용희는

매양 한복의 대학생으로
머리에는 할애비의 멍덕모자를 쓰고
라틴어와 희랍어, 도박도 꽤 잘했고,

융희황제의 처가댁 가정교사 이성범이는
우리 파에선 수입이 그중 좋아서
서소문 청요릿집에서 가끔 한잔 냈는데,
술이사 물론 그 독하고 싼 빼갈로,
그러고 안주는 '싸이휘이'라는 그것이었다.
남들이 먹다 남긴 음식 찌끄레기를
긁어모아 다시 끓인 그런 뜻으로
'싸이휘이[再沸]'라 이름 붙인 그것이었다.

제주도의 한여름

제주도라 서귀포의 정방폭포 위
그 깨끗하겐 여무진 햇빛 보리밭!
그 보리밭 하늘 속의 종달새 웃음소리!
예까지 온 나는 이미 사람도 아니어서
밭두럭 우에 배꼽 드러내고 나자빠졌는
한 마리의 나른한 작은 신神이었노라.

입에 담기는 건 불벼락 쐬주뿐.
보말조개 넣어 끓인 미역국 정도뿐.
쌀밥도 보리밥도 다 토해 버리고
창생 초년의 들수탉 울음소리로
꼬끼요 꼬르끼요 목울음이나 했노라.

나는 양기陽氣도 벌써 아닌 알콜분分 따위여서
춤추며 대어드는 해녀들에겐
실로 미안한 바보였을 뿐,
한밤중 노송 숲에 별들만이 초롱할 적에
"약혼하세." 이쁜 색시가 옆에 와서 앉아도

꿩 놓친 매 웃음이나 겨우 피식 했노라.

* 1937년의 한여름 동안을 나는 제주도 서귀포의 정방폭포 가에서 지내고 있었다. 이 시에 보이는 '보말조개'란 팽이 모양의 작은 조개로, 이 빈 껍질로는 윷놀이도 하는 것이다. '보말'이란 물론 제주말인데, 그 뜻이 무엇인지는 모르겠다.

나의 결혼

"우물가에서 김칫거리를 씻고 있는 그 애를
사랑방에서 생솔가지 울타리 사이로 보아하니
어떻게나 찬찬히는 고부라져 씻는지,
어떻게나 거듭거듭 깨끗이는 씻는지,
그만하면 쓰겠어서 정혼해 버렸다.
그러니 아뭇소리 말고 장가들 작정을 해라."
내 아버지는 내 아내 가음을 이렇게 고르셔서,

그것이 맞나 안 맞나를 점치기 위해
나는 화투로 패를 한번 떼어 봤더니
공산 넉 장도 자알 맞아떨어지고,
홍싸리 넉 장도 또 잘 맞아떨어졌노라.
공산 달은 님이요, 홍싸리는 뚜쟁이니,
이 색시를 얻으라는 괘가 분명했노라.
국화 넉 장 술이니, 단풍 넉 장 근심도
한꺼번에 떨어지긴 떨어졌지만
이거야 어디서나 재기중在其中인 것이고……

하여, 장가드는 날 나귀 등에서 느껴 보자니
과학이니 연애결혼이니 무어니보다도
요것이 아무래도 상급생만 같었노라.

* 나의 이 결혼식은 1938년 3월, 즉 내 나이 만 스물세 살 때 첫봄에 있었다.

『화사집』 초판본

1941년 겨울에 낸
내 처녀시집 『화사집』 초판본은
그건 정말 문둥이의 우자 같은 거였지.
모다 합쳐서 50페이지도 안 되는 걸
특제본은 그땟돈으로 5원,
병제본이 3원.
이 나라 출판사상 전무후무한 비싼 값으로,
발행 부수는 겨우 다만 100부뿐.

특제본 껍데기는 유화용 캔버스 천으로,
등때기는 순견, 핏빛 제목은 자수로 놓고,
본문 종이는 전주 태지를
여러 겹으로 부해 말려서 다듬이질한 것이었지.
이봉구네 책가게에다 갖다 놓았더니,
그래도 어느 세월 좋은 기생이
한 권 사 가드라는데
야 이거야말로 정말 기분 좋더군.
그 한 권 값 받아들고 선술집 돌아 돌아

아무하고나 부둥켜안고 그 백 잔 술 마셨지.

김기림이도 임화도 김광균이도 오장환이도

이때는

문둥이 같은 심경이사 내나 매한가지였겠지.

한 사람이 10원씩 호주머니를 통통 털어

아홉 명이 명월관에서 출판 기념회를 해주었는데,

그 쌍판들 들여다보니 그리 쓰여 있더군.

그래서 이 문둥이 우자를 축하하러 온 것이더군.

이런 고비가 이게 탈나기 쉬운 건데,

그래도 내가 아조 돌지 않고 남은 건

이것 역시나 미안하다는 속셈 때문이었네.

우리 시골 하늘 밑에서 자라며 배운

어줍잖은 부끄러움 그 한 가지 때문이었네.

* 『화사집』 초판본은 당시의 남대문약국 주인이자 우리 『시인부락』지의 동인 중의 하나였던 김상원이 내놓은 500원쯤의 돈으로 찍은 것이다. 지금 돈으론 적어도 500만 원쯤은 될 것이다. 이때엔 선술집의 순곡 약주 한 잔 값은 안주 한 가지를 곁들여서 일금 5전씩 했었으니까, 『화사집』 특제본 한 권 값이면 정히 백 잔 술을 마실 수가 있었다. 한동안 좋았던 것이다. 명월관은 당시 서울의 일류 한식 요정.

* 편집자주—원문에는 『화사집』 초판 발행연도가 1938년으로 되어 있으나 이는 시인의 착오이므로 1941년으로 바로잡는다. 『화사집』 원고는 1938년 친구 오장환 시인에게 넘겨졌으나 실제 출판일은 1941년 2월 10일이다. 또한 원문에는 발행 부수가 130부로 되어 있으나 이 역시 시인의 착오여서 100부로 바로잡는다.

6
이십 대 시편 2

조선일보 폐간 기념시

무슨 일을 하다가건 한눈을 팔고
또 먼눈도 파는 게 내 소질이라,
1940년의 그 다난턴 여름에도
나는 친구 주낙배 속으로나 달아나
서해를 떠돌면서 「옥중화獄中花」나 읽었는데,
집으로 돌아오니 조선일보사에서
폐간 기념시를 써 보내라는 기별이 와 있더군.
문화부장인 시인 김기림이 이름으로
청탁 편지와 독촉 전보까지 와 있었는데,
8월 10일의 그 폐간일은 벌써 지내서
이것 하나 써 남길 운도 어긋나만 버렸더군.

그렇지만 나는 이것을 썼지.
보낼 데도 없어진 대로 그래도 썼지.

'잔치는 끝났드라.
마지막 앉어서 국밥들을 마시고,
빠알간 불 사루고,

재를 남기고.

포장을 걷으면 저무는 하늘.

일어서서 주인에게 인사를 하자.

결국은 조금씩 취해 가지고

우리 모두 다 돌아가는 사람들.

목아지여

목아지여

목아지여

목아지여

멀리 서 있는 바닷물에선

난타하여 떨어지는 나의 종소리.'

울먹이며 짓기는 지어냈었지.

이것만은 그래도 한눈은 아니었지.

* 이 작품은 그 무렵의 종합잡지 『신세기』에 처음 발표했었다. 우리말로 된 잡지들까지의 완전 폐간 명령은 1942년에 내려졌던 것이니까.

장남 승해의 이름에 부쳐서

아내가 순 구식으로 의사도 없이
첫아이를 낳으려고 진땀을 빼는 밤중에
나는 손수 맑은 우물물을 길어다가
바가지에 담아 놓고 빌고 있었지.
그래야만 아이를 순순히 낳는다고
암무당이 와서 일러 주어서 말이지.

그러고는 그래도 고추 달린 녀석이 생겨났기에
머리에 맨 먼저 떠오른 대로
'승해升海'라고 이름을 붙여 주었지.
바닷물을 됫박으로 품고 있으란 것이지.

옛날 옛적에 어리석은 사내는
바닷속에 구슬을 빠트리고는
그것을 되찾아 낼 목적으로서
됫박으로 바닷물을 품고 있었다는데,
내 자식도 그 방법밖에 더 묘수는 없을 것 같애
꾸준히 그 바닷물을 품고나 있어 보라고

메주 같은 생각으로 붙여 놓은 것이지.

* 내 큰아들 승해는 1940년 1월 20일, 전북 고창 읍외 노동蘆洞의 초막집에서 생겨났다. 내 나이 만 25세 때다.

만주에 와서

처자하고 같이 밥이나 묵고 살아 보자고
만주양곡회사의 간도 출장소에 취직했더니
소장 놈은 순사부장 출신 일본인인데
첨부터 내게 반말지꺼리였네.
"오이 조꿍!
저 중국 아이들 데불고 밖으로 나가
마당의 목재들에다 쇠도장을 찍어라!"
쌍것이 무식궁하게는스리 으시댔었네.

중국 애들이 다 "센숀 찔렁찔렁" 하는
영하 삼십 몇 도의 치운 겨울 날씨를
산더미 같은 그 많은 나무토막들에다
쾅쾅쾅 연달아서 쇠도장 마치를 메부치고 나니
하늘도 무에 몽땅 저린 듯만 하고,
내 손바닥은 훌라닥 벗겨져
이거야 정말 참 약이 오르더군! 오르더군!

그래서 밤 하숙방에서 이불을 뒤집어쓰고 누워서는

고놈의 콧대를 어찌하면 꺾을까만 궁리궁리해,
내가 아는 동서 보복의 예를 모조리 들추어 대조하면서
삼경이 넘도록 궁리궁리해,

그 이튿날 퇴근 즉시 토이기인土耳其人의 모피 가게에 가선
표범가죽 조끼를 월부로 사 입고,
이발소에 가선 머리를 특히 점잖게 다듬고,
결혼 때 맞춘 '미쓰소로이'도 대리미질 시키고,
그리하여 드디어 다 준비된 날 아침은
소장 저보다야 훨씬 더 귀하신 모양새로
사무실에 들어가 앉아 그 소장 놈 눈칠 보고 있었는데,

아닌 게 아니라 그건 그 내 예상대로 적중이었네.
처음 한 이틀은 무언지 서먹서먹 말도 잘 안 하더니
마침내는 '서 군'이라 부르던 걸 '서 씨'로 고치고
존댓말로 어느 사인지 새로 빚어 쓰더군.
내가 즈이 본점의 사장이나 비슷이
표범가죽 조끼까정 입고 재고 앉았으니

이 서 씨의 뒷빽이 얼마나 높고 깊은 것일런지

그게 그만 겁이 나기 시작한 거라. 시작한 거라.

사실 나는 그것을 노리고 했었던 거라.

* 일정 때 경찰의 순사부장은 우리나라의 경사에 해당한다. '오이 조꿍!'은 '여보게 서 군' 하는 일본말. '센숀 찔렁찔렁'은 '선생님 치워요 치워요' 하는 중국어. '미쓰소로이'는 조끼까지 세 가지의 양복 한 벌. 1940년 11월인가부터 다음해 2월쯤까지의 한겨울 동안만 나는 만주제국 양곡주식회사의 간도성 용정 출장소에 취직해 있다가 결국은 비위에 안 맞아 작파해 버렸었다.

동대문여학교의 운동장에서

1941년 여름엔 나는 겨울 양복뿐이어서
동대문여학교 선생님으로 체조를 가르칠 때도
할 수 없이 하이얀 모시 한복으로서
"이찌 니! 이찌 니!"
두 팔을 올렸다, 내렸다,
폈다, 오무렸다, 하고 있었지.
게 눈 감추듯 하고 있었지.
우리 최정희 소설가께서 지나다가 들여다보니
가관이드래나.

* '이찌 니! 이찌 니!'는 체조에 '하낫 둘! 하낫 둘!'의 일본어로, 구호로 쓴다. 동대문여학교는 여아 전용의 사립 소학교였으며, 1941년에 나는 여기 교사로 있었다. 만주에서 돌아온 바로 뒤이다.

불더미 마을의 깐돌 영감과 함께

불더미 마을 깐돌 씨는
똥구녁이 마르게 가난하시고
또한 참을성까정도 너무나도 말라서
밤에 그만 누구네 황소를 끌어냈다가
감옥 가서 몇 해인지를 사시고 나왔는데,
그 새에 아내가 시집가 애기 나서
훌쩍훌쩍 어디 숨어 울고 있는 걸
"워라 괜찮다"고 되루 찾아다가
아뭇소리 영 없이 사시던 분이십네다.
젊은 서정주 내 성질을 어찌 다 알아차리셨는지,
내 아버님이 내게 남긴 유산 중의 밭
몇 마지기를
못 사고도 샀다는 거즛 계약서를 꾸미게 했다가
발각되어 인장 위조죄 등으로 또 들어가게 되신 걸
밑져야 본전이기도 하고,
또 그 아직도 단단한 흰 이빨이 이뻐 보여서
쉬쉬쉬 가만가만 덮어 두어 버렸더니,
불더미 마을 그 댁으로 이내 몸을 기꺼이 초대하셨쇠다.

"정주, 자네, 거,
숭어잡이나 한번 같이 가볼작시면
아주 썩 좋을 게다. 낄낄낄낄!……"
하시어서 따라가서 그물질 함께하며
또 함께 낄낄낄낄 몽땅 너털댔는데,
그 웃음소리도 내 것보다는 훨씬 더
화창하시고,
육십이신데도 드러난 그 거시키 살펴보니
내 꺼보다 훨씬 더 쎄게 생겼습데다.
숭어회에 쐬주를 같이 집으시는 마당에서는
"아 잡것 지랄허네! 지랄허네!"
저기 톳쟁이나 어루듯 나를 다루시는데,
하늘도 이만하면 우등생으로 삼아도 좋긴 좋겠습디다.

* '톳쟁이'는 남색男色의 피동자被動者. 이 시 속에 숭어잡이는 1942년 가을의 일로 기억된다. 내 나이 만 27세 때이다.

진지리꽃 피걸랑은 또 오소 또 오소

돌아가신 아버님께는 죄송한 일이지만,
유산의 땅 팔아 호주머닐 불룩이 하고
십만 원짜리 지폐도 쓱쓱쓱 꺼내면서
비로소 천하를 활보해 보는 것은
암, 암, 쓸 만한 일이지. 쓸 만한 일이지.
초가을 보슬비도 축축히 맞으며
그 어디 해안길을 터벅터벅 걸어서
주막의 꽃술 도가닐 찾아낼 때면
이것이 극락으로야 상극락이지.
카아하게 금방 고여 풍겨 나는 꽃술 냄새에,
뜨듯한 방 아랫목에,
육자배기 노래 잘하는 무던한 주모에,
살찐 암탉이나 한 마리 삶아 놓고서
붓거니 권커니, 권커니 붓거니,
한 말들이 도가니 하나쯤 비워 볼 만한 일이지.
그 육자배기 주모 나이 존장尊丈뻘이 넘었건 말건,
그것이 또 남의 예편네건 말건,
거나하여선 방자하게스리 뽀뽀도 좀 하면서

"진지리꽃 피걸랑은 또 오소 또 오소."

"어이 이를 말인가. 오고 말고 오고 말고."

요로코롬이나 사설도 까보는 것은

하여간에 기념이사 기념할 만한 일이었네.

* '꽃술'은 술독의 술이 아주 잘 익어서, 처음으로 개봉하여 마셔 보는 그 술을 뜻하는 것이다. '진지리꽃'은 진달래꽃의 호남 사투리. 이 시도 1942년 가을의 경험을 쓴 것이다.
아 참, 주의 앞뒤가 좀 바뀌었는데, 이 시에서 십만 원 지폐라 한 것은 그때의 십 원짜리 지폐를 요즘 돈의 가치에 비겨 그렇게 셈해서 적어 놓은 것이다. 그때보다 만 배쯤 오른 걸로 계산해서 말씀이다.

학질 다섯 직 끝에 본 이조 백자의 빛

일본인들이 일으킨 대동아전쟁이라는 게 터져서
식량이란 식량은 거의 군량미로 실려 가고,
서울의 곡식도 바닥에 말라붙어
훈장 한 달 월급이 야미쌀 두 말 값도 못 되던 때,
종로 1가의 옥수수막걸리 배급소 앞에는
동대문까지 길게 길게 주객의 줄이 늘어섰는데,
나도 변수주卞樹州 영감하고 같이 끼어 서 봤지만
그 한 사발 차례도 오지도 않고,

아내는 주리다 못해 어린 자식 업고서
전라도 친정으로 구걸길을 떠나고,
남은 보리쌀 한 옹큼 볶아 먹고 누웠다가
웨크르한 모기 덕분에 나는 학질에나 걸렸네.
그 학질 두세 직부터는 넋은 이미 하늘로 올라
삼천리 강산을 '피터팬'처럼 날아다녔네.

학질 다섯 직 뒤에 모시 두루마기 바람으로
노량진에서 동대문 가는 전차를 탔는데,

차 속에서 생각해 보니 목적지가 영 없어서
종로 3가에선가 할 수 없이 내렸다가
노량진으로 되돌아가는 전차에 또 올라탔었지,

그런데 그것이 남대문시장 옆을 지날 때,
그때 그 차창 건너편 골동품상 진열창에서
내 눈에 환장하게 비치어 오던
그 이조의 무문백자 항아리의 새로 오던 빛깔만은
영 잊을 수 없는 것이 새로 되었네.
해일이랄까? 하늘의 소리랄까?
옛 선인들의 망령들이 합쳐진 것이랄까?

나를 감싸 놓지 않던 그 애무서운 습래襲來!
"가노라. 가노라. 내가두나를 가네.
죽엄에 들어 노수路需나 있나?"
육자배기 그런 것이나 침묵으로 노래하면서
하이옇게, 하이옇게, 히다 겨워 푸르스롬히
나를 감싸고는 못 도망치게 하던

그 영원만 같던 절대만 같던 무보수의 빛!

그 국으로만 국으로만 국으로만 살아온 빛!

그 빛과 처음 사귀어 속을 털어놓으며,

남의 눈에 안 뜨이게 감추고만 산

옛 어른들의 그 나즉한 숨결에

나도 겨우겨우 합칠 수 있겐 되었네.

* '야미쌀'은 암거래의 쌀, '야미'는 일본말로 어둠의 뜻. '변수주'는 시인 수주 변영로 선생. 이 시의 내용은 1943년에 겪은 것이다.

기우는 피사탑 위에서

1944년의 진달래가 필락말락한
으시시한 새벽녘 잠 꿈자리였는데,
나는 점점점 더 기울어지는 피사탑 위에서
곧 죽을 게 겁이나 찔찔매고 있었네.
그러고 꿈이 깨니 쿵 소리가 나
건넌방 문 열어 보니 벽시계가 떨어졌고,
조금 뒤엔 내 고향땅 고창경찰서에서 온
고등계 형사 김상길 씨가 들이닥쳐서
내 손에다 수갑을랑 절커덕 채웠네.

무언지도 모르고 따라서 가서
그 고창경찰서에서 구치소에 입소했더니
"네 이놈아 무에 그리 우울하여서
해 질 때마다 장거리서 쐬주를 처먹고는
'못살겠다 못살겠다' 그랬냔 말이다!
네 후배란 놈들이 너를 본따서
연극단을 꾸미어서 마을마다 돌면서
무슨 연극이나 했는지 이놈이 아나?

앗!"
요것이 나를 잡아온 이유라는 거였네.

석달하고 열흘도 더 나는 이 속에서 살았지만
그중 좋은 재미라야 샤쓰에 이 잡는 것과,
옆 감방의 후배 김방수 군이 사식으로 들여온
조기 매운탕이나 조끔씩 얻어먹는 것뿐이네.

북해도로 징용간 제 자식의 아내를
달밤에 붙어서 새낄 까 죽인
그런 놈이 들어와서 「어부사」를 외이면
그런 놈하고 같이 덩달아 외기도 하고,
그런 놈이 검찰청으로 가며,
순사 눈에 안 뜨이게
내게다 이, 삼천 원 건네어 주면
그것도 안 버리고 샤쓰 속에 간직하고,

전라북도 경찰부에서 나를 다루러 온 경부가

내 전문학교 때의 귀향 때 안 일본 순사 녀석이어서
'이시가와 다꾸보꾸'도 같이 읽던 그 순사 녀석이어서
봐주어서 풀어 주면 또 풀려도 나와 보고……

* 이 시 속에 나오는 '어부사'는 물론 『고문진보』라는 책 속에 보이는 중국 초나라 시인 굴원의 그 「어부사」다. 그리고 '이, 삼천 원'이라고 한 돈은 그때엔 '이, 삼십 전'으로 치던 돈이고, '이시가와 다꾸보꾸'는 한자로는 '石川啄木'으로 일본에선 가장 넓게 읽힌 시인이지만, 또 저속低俗은 몰랐던 그런 사람이다. 일정 치하의 우리나라의 도 경찰부는 지금 같으면 도 경찰국. 그때의 경부는 지금의 경감과 경정 계급을 합친 것. 그러나 그때는 특별한 곳을 빼놓은 대부분의 경찰서장도 경부면 되었다.

7
삼십 대 시편 1

해방

동포들은 두루 다 대통령이나 소통령은 될 거라고
그러니 우선 먼저 실컷
허기졌던 창자부터 채우고 보자고
농우農牛를 마구 죽여 고길 만들고,
논에 벼는 모두 베어 떡을 만들고,
또 약주며 쐬주며 막걸리를 만들고,
모조리 집으시고 마시고 야단이 났었지.
서울행의 차란 차의 유리창은 다 박살나고,
기차의 기관차 지붕까지도 초만원이 되었지.
그러다간 좌우 양파로 갈라져 편싸움이 났는데,
약은 치들은 이 통에 한몫 벌어 보자고
사알 사알 사알 장사도 해보고,
점잔한 사람들은 멀찌감치서
어찌나 될 것인지 관망만 하고 있었지.

내 친구 몽니가 종로에다 선술집을 차려
변수주며 권애류도 여기 담겨서
나와 함께 열심히 허기증을 메꾸시며

사태가 어찌 되나 기다리고 있었는데,

얼마 뒤에 알고 보니 권애류 선생은

되는 꼴이 틀렸다고 점치셨는지

이 천지에서 깡그리 사라지기도 하셨더군.

자살도 타살도 병사도 아니게시리

이백李白이가 물에 잠겨 하늘로 가듯

고로코롬 호르롱 사라지신 것일까?

이백이는 신바람으로나 그리 했지만,

애류 선생 눈썹은 수미愁眉뿐이었는데

무슨 수로 그렇게 사라지신 것일까?

그 집안 식구들도 다 모르겠다는데

어디서 어떻게 해 사라지신 것일까?

* 변수주는 시인인 수주 변영로 선생. 권애류는 국사학자요 국문학자였던 애류 권덕규 선생. 이분에게서 중학 때 나도 국사와 국어를 배웠었다. 몽니[蒙里]는 필자의 외우 배상기 씨의 별호의 하나인데, 이건 필자가 기증해 붙여 드린 것으로, 이 거문고의 숨은 명수는 고집이나 심술도 보통이 아닌지라, 전라도 사투리로 '몽니가 고약타'고 할 때의 그 '몽니'에다 같은 음의 한자를 적당히 맞추어 만든 것이다.

반공 운동과 밥

해방되던 1945년 겨울부터는
미군 군정부의 용공 정책을 업고
공산당들 노는 게 어찌나 얄미운지
나는 반공청년회에 가입해
트럭 뒤 칸을 타고 다니며
"부셔라 공산당!" 운동을 했는데,
손기정이 장준하 등과 함께 열을 올려 했는데,
여까지는 이것 좋았지만서두
웬숫놈의 것! 먹을 밥이 있어얘지?
궁리궁리 끝에 생각해 낸 호구 연명책은
미안하지만 대략 아래와 같은 거였네.

일본인들이 남기고 간 헌 책들을
서대문 밖 고본상들에게 싸게 사가지고,
그 책들 뒤에다 값 매겨 놓은 걸
고무지우개로 쓱싹쓱싹 지워서 들고
인사동이나 충무로의 고본상에 가 팔면
얼만큼은 이끗이 붙는 걸 알아낸지라,

틈틈이 빠져나가 그 즛을 해서 말이야.

점잖지 못한 줄도 다 잘 알면서 말씀이야.

* 해방 직후 공산당의 번성에 맞서서 우익에서는 서북청년회, 건국청년회, 기독교청년회 등의 반공 청년운동도 쓸쓸치 않게 일어났는데, 김구 선생 중심의 임시정부가 1945년 겨울에 중국에서 돌아오자, 상기의 우익 청년 단체들은 한동안 그 임정 휘하로 모여들어 '한국청년회'란 이름으로 연합체를 만들었다. 엄요섭·선우기성·김익준·장준하·손기정 등의 핵심 멤버들 속엔 김광주·김동리·이한직과 필자 등의 문인들도 끼어 있었다.

대학의 전임강사로

1946년 11월에는
먹고나 살 길을 또 찾아보자고
어깨에 이불 보퉁이를 메고
저는 부산행 만원 열차 속에 한몫 끼었습니다.
새로 갓 세운 동아대학이란 데서
전임강사라는 걸 해보지 않겠느냐 해서였습죠.

이 껄렁이는 이리 뇌어도
일정 때 대학교수들 폼 재는 것도 보아 두기는 두었던 배라
고물 흰 조끼도 하나 구해 쏙 받쳐서 입고,
점잔한 헌 넥타이도 하나 줏어서 매고,
부산 동대신동의 일제 찌끄레기의
무슨 창고 속 교실로 부임일랑 하셨는데,
일본서 공부하다 돌아온 학생들에게도
내 폼만큼은 눈에 익은 것인지
그래도 야! 야! 박수갈챌 합디다.

무얼 강의해서 인기를 얻어 먹고 사느냐 그것이 문제인데

보나 마나 이때의 우리 대학생들이란
우리말론 제대로 노오트도 못하던 때라
그걸 하는 작법을 가지고 덤볐더니
할 수 없이 모두 다 다수굿해지더군.
그래 이걸로 전교생을 번갈아 가르쳐 가며
하루에 여덟 시간씩 입기분 내군,
밤엔 불기도 없는 이층방에서
달이달달 오도도도 떨었습네요.

부산에 먹을 것이사 우렁쑹이니 재칫국도 좋지만
아무렴 그중에서도 역시나 동동주가 기중 좋았지.
이거 하나 없으면 살기 어려웠지.
그래서 강의가 없는 날들엔
수산대생水産大生 이봉래와 깍지를 찌고
날마다 돌아다니며 전공으로 마셨지.

그러고 또 한 가지 쓸 만했던 건
조랑말이 이끌던 하꼬방 마차였네요.

서울 집엔 한 푼도 송금할 것도 없어도
딸랑딸랑 말방울 소리로 등교하는 건
눈 지그시 감고 앉아 몽상하자면
역시나 기분이사 괜찮았었지.

* 여기 나오는 이봉래 씨는 물론 뒤에 시인이 되고 또 전 예총회장이 되었던 그 이봉래 씨다.

인촌 어른과 동아일보와 나

1931년 여름에
인촌 김성수 선생이 고향에 오셔서
나도 같은 고을 소년이라 문안을 갔더니,
"자네 몇 시 차로 왔나?" 하시어
엉겁결에 "넉 시 차로요." 대답을 했었다.
그랬더니
'네 시면 네 시고, 넉 점이면 넉 점이겠지,
넉 시라고 쓰는 말도 조선말에 다 있나?
에이끼 이 사람!"
하시는지라, 무안하여 집으로 돌아와서는
우리말 다루기에 무진 애를 써
1936년 1월 1일 동아일보 신춘현상문예에
「벽」이란 시로 당선을 했었다.
그 뒤, 1945년의 해방 뒤의 미군 군정 때
내가 동아일보의 사회부장으로 뽑히어
인촌과 한 상에서 점심 대접을 받았는데,
그는
"자네가 우리말을 썩 잘 다루는

좋은 시인이 되었다면서? 잘했네 잘했어!
어디, 우리 동아일보 한번 잘 꾸며 보아."
1931년의 그 '넉 시' 사건이 엊그제런듯
많이 좋아라고 칭찬해 주시는 것이었다.

그 때문에 내 문학정신 속에는
'아무리 심한 곰보라도 잘 살펴보면
이쁜 구먹도 하나둘은 있느니라.
그러니 다난한 동포들 헐뜯지만 말고
장점을 찾아내 격려해 주어라.
그래야만 자랄 만한 게 자랄 것 아니냐?'
하는 동아일보의 사원훈社員訓과 함께
인촌의 그림자도 어리어 있는 것이다.

이승만 박사의 곁에서

1947년 여름부터 겨울까지는
미국서 막 돌아오신 이승만 노인과 나는
아무렴 꽤나 다정한 친구였었지.
그는 국부國父로서, 나는 천재 시인으로서,
한 주일에 한두 번씩은 정해 놓고 만나서
그는 그의 지낸 얘길 내게다 털어놓고
나는 그걸 열심히 노오트하고 있었지.
비 오시는 날은 카츄샤 사과도 나눠 먹으며,
대통령이 안 될까 봐 걱정해 쓴 그의 한시를
둘이 함께 음미하며 서로 의지도 했었지.

그러신데, 이 정분으로 그의 전기를 써냈더니,
그의 아버지 이름 밑에 존칭을 안 붙였다고
대통령 된 이 양반이 발매 금지를 시켜 버려서
그 뒤 여러 해 나를 서럽게 한 건
꽤 오래 두고두고 도무지 이해가 안 갔네.

내 나이도 환갑 진갑 다 넘어서

"늙으면 누구나 다 어린애로 돌아온다"는

옛 어른들의 말씀의 뜻을 몸소 겪기까지는……

* '카츄샤' 사과는 껍질을 안 벗기고 그냥 먹는 사과. 톨스토이의 소설 「부활」 속에서 그 여주인공 카츄샤가 고로코롬 먹었대서……

3급 갑류의 행정 서기관이 되어서

1948년 8월 15일
대한민국 정부가 새로 생겨나
3급 갑을류의 시험을 보인다기에
나는 너무나 흥분해 달려갔지러
그 3급 갑류에 딱 합격을 해서
문교부에 초대 예술과장이 되었시요.

밥 먹을 만한 월급도 제대로 안 되어서
점심때는 도시락도 없이
빵 조각을 오물거리고 있는 과원들을 달래
나도 휜무리떡 한 조각씩을 점심엔 먹었는데,

그때 우리 과는 영화 검열도 맡아 하던 때라
제작자가 찾아와서 "점심 가십시다" 하면
사죽을 못 쓰고 따라나서기도 했었지.
'지화자네'라던가 그런 여자네 집엘 가면
보료 위에다가 요 과장을 모셔 앉히곤
곱땃스런 여편네들이 우르르 몰려들어 주무르며

"영감님, 영감님, 어서 많이 드사와요."
젓갈로 무얼 떼서 입에다까정 넣어 주데요.
군수가 3급 을류였던 때니까
왕조로 치면 딴은 나도 영감은 영감인 셈이었지.

그러신데 이런 소식은 또 누가 고자질한 것인지
이튿날부턴 신문기자님들이 바짝 뒤대여 달라붙어
너무나도 겁이 나서
고런 요기도 하재야 할 수도 없이 되고,
어쩌다가 한번씩 꿈의 떡으로 오는
미군 구호물자의 기름기나 기다릴밖엔 없었지.

월탄은 나더러
"정언正言 영감 신수가 환하시구먼 그랴."
어쩌고 놀리셨지만서두
실상은 속으로는 많이 곯아서
피똥까지 자주 누고 지내었었지.
그러다가 열한 달 만에 관두어 버렸지.

* 월탄은 물론 내 선배 작가인 박종화 선생. 정언正言은 이왕조李王朝 때의 관직명의 일종으로, 요새로 치면 중앙 정부의 과장쯤이 되는 것이라 한다.

8
삼십 대 시편 2

1949년 가을, 플라워 다방

시 한 편의 원고료 1딸라 50센트쯤이나
더 싼 산문 몇 장의 고료 지불 시간을 기다리며,
1949년 가을 언저리
우리 문인들이 매양 번히 앉아만 있던
서울 소공동의 플라워 다방.
참 묘하게는 엉거주춤히 되어 버린
이 다수의 안성맞춤들 속에
팔자로 나도 한몫일밖엔 딴 도리가 없었다.

나는 이 나라에 처음 선 한국문학가협회의 시부 회장.
그만큼 한 지체를 지녀야 할 줄도 알긴 알았지만,
"누가 대신 찻값을 물어 주지 않나?"
그런 것도 바래며 앉아 있어야만 했다.

남의 나라 힘으로 해방은 되었지만
환장해서 단합도 못해 두 토막 난 나라에서
자유는 무슨 개 발에 다갈인가?
자주는 무슨 잠꼬대인가?

점심과 저녁밥을 아침에 다 자셔 버리고
해 질 녘은 늘상 허기진 배로만
멍하니 앉아 있는 얼맞은 무리처럼
우두먼히 우두먼히 그저 우두먼히
딱한 영원처럼만 우리가 앉아 있던
그 플라워 다방! 플라워 다방!

* 플라워 다방은 1949년 언저리엔 중국 상해에서 갓 돌아온 박거영 시우가 경영하고 있었다.

1950년 6월 28일 아침 한강의 다이빙

"미국 부잣집 새끼들이
뭐하러 우리하고 싸우러 오간?
안 온다. 안 온다우.
그러니깬 염네 말고 남반부를 부세라!
쓰딸린 대원수께서 도우신다. 부세라! 부세라!"
김일성 두목의 명령일하에 이 나라는 쑥대밭이 돼
피란 농부들은 소를 몰고 서울 남대문로를 누비고,
이승만 대통령 각하 일행은 한강 인도교를 건네
한밤중에 모조리 남으로 뺑소닐 치시고,
행여나 남이 건네올세라
새벽 세 시엔 그 인도교는 빵 투겨 버리고,
그리하여 1950년 6월 28일 아침에
조지훈이와 이한직이와 나는
원효로 4가의 어느 절벽 우에서
저만큼 떠 있는 배들을 바래고
이판사판 메뚜기처럼 강물로 뛰어내렸는뎁쇼.
허허이! 뭐니 뭐니 해두
이런 때에 쓸 만한 건 그래두 그 용기라는 것이드라구.

하여간에 요로코롬 하구서야 겨우
그 배라는 것도 하나 잡아타긴 타고,
남으로의 뺑소니 대에 한몫 끼일 수나마 있었으니깐드루!
아무렴. 이 아침의 이 다이빙이야말루
정말루 하모니는 하모니였지!

청산가리밖에는 안 남아서요

1950년 8월 초에는
공산군은 대구 북방 30리 근방까지 쳐들어오고,
마산은 함락되어
채병덕 총사령관은 거기서 전사하고,
우리네 무더기들은 헐수할수없이
쬐그만 자루 속에 욱여넣어진
몹쓸 쭉정이나 무엇 그 비슷한 것만 되어 있었네.
만일에 대비하여 우리 종군 문인단에게도
복용할 독약이나 좀 구해 노나 달라구
정훈국의 보도대장한테 사정했더니,
"그러신데 좀 덜 독한 약일랑은
시민들이 이미 모다 사 가버리시고,
아조 제일 쓰린 청산가리밖엔 안 남아서요.
그거나 겨우 구해 놓았으니 노나 가이소"였네!
제길할!
부산까지 또 쫓겨 가걸랑은
바다가 잘 보이는 그 어디메 언덕에나 올라
애국가에 아리랑이나 한 수 섞어 부르며

쐬주에 이 청산가리나 타 섞어 마시며
우리 종군 문인단도 멋드러지게 빼드러지려 했었네!

* 이 무렵 미군을 선두로 한 유엔군의 참전이 없었다면, 우리 종군 문인단도 살아남지는 못했을 것이다. 목숨의 은인이란 느낌을 우리가 잊어버릴 수도 있겠는가?

생불여사生不如死

6·25 동란 같은 잔인한 동족상잔이 일어나서
비명의 시체들이 수백만 명씩 피에 젖어 땅에 나자빠지면
시인에겐 이미 이건 상대할 현실이 아니고,
하늘에 큰 구멍이 나면서
현실에 없는 것들이 거기서 새로 쏟아져 시야를 이룬다.
그러고 시인은 실어증에 빠진다.
맥아더 원수의 군대가 압록강까지 밀고 올라갔거나,
그러다가 트루먼 대통령에게 해고를 당했거나,
그 틈에 김일성이가 이번엔 모택동의 중공군을 불러
쇄납을 불면서 다시 남침해 오거나,
그런 것들은 영 깡그리 다 접어 두어 버리고,
평안한 실어失語의 요 위에 늘편이 누워서
피란도 낯짝도 다 작파해 버리고,
오직 하늘 구멍에서 오는 것과만
더 친하며 더 친하며 태평해지는 것이다.
그래, 이리 된 자는
사형을 해보아도 이미 효력이 없는 것이다.
김동인의 생과 사도 이때 이랬었다던가?

* 1951년 1월 4일 무렵의 그 소위 1·4후퇴 때에는 나도 또한 이 시 속의 '이리 된 자'의 하나가 되어 있었는데, 가족들이 강제로 끌어내 차에 태워 전주로 남행해서 살려 냈었다.

자살미수

1951년의 전주의 여름 한동안을 나는
'어떻게 하면 자살하되
남에겐 자연사로만 보이게 죽는가.'
그것 한 가지만을 골몰해 생각하고 지냈다.
그래도 후세에 받을
'자살한 약자'의 지탄만은 싫었던 것이다.
그래 어느 때 미열이 생기자
이걸 학질이라고 나는 우기고
100 알맹이들이 학질약 한 병을 구해 오게 해
그걸 몽땅 한꺼번에 먹어 버렸다.
이건 5인분의 치사량이라던가,
그러니 죽음은 이미 다섯 갑절로 보장되었지만
나는 진달랫빛의 피를 토하면서도
"빨리 나으려고 그랬어…… 그랬어……"
자살이 아닌 걸 열심히 변명해 뇌까리고만 있었다.
그러나 이것도 운이 안 닿으면 소용이 없는 것이다.
시인 이철균이가 꼭 쫌맞게 이때에 찾아들어
가까운 병원의 양의良醫를 데려다가

모조리 모조리 설사를 시켜 버리고 만 것이다.
그래도 나는 그 뒤 20년쯤은
“빨리 나으려고 그랬는데……”
거짓말 한마디로
이 자살 의도만큼은
아무에게도 말하지 않고 아주 잘 숨겨왔다.
육신이 아니라 정신이
빨리 평안해지려고
그랬던 것도 또 사실은 사실이었으니까……

* 30대 후반기 때의 이 자살 기도의 사실을 나는 내 50대 후반기에 쓴 자서전 집필 때에 와서야 정직하게 털어놓았다. 여기서까지 거짓말을 하기는 싫었던 것이다.

조화연습

1952년도 2학기에는
광주 박철웅 씨의 조선대학교에서
한 달에 진짜 보리쌀 서른 말씩의 부교수가 되었지.
아들 승해의 학용품을 사자면
그 보리쌀 몇 됫박씩 장으로 갖고 나가
그걸 팔아서야 겨우 구했지.
그러던 첫여름의 어느 이른 아침에
광주천 상류를 오르고 있었는데
이때 하늘의 구름 한번 정말로 이쁘더군!
녹둣빛에, 은빛에, 오동꽃빛, 백일홍빛,
그 구름의 빛들 한번 반해 볼 만하더군!
거기에 새로 뜨는 무등산의 해
여러 만 명 애기들이 낄낄대는 것 같아
반갑고도 반가워서 어쩔 줄을 몰랐네.
그리하여 집에 와선 고래고래 소리를 치고
해남에 대흥사란 절간으로 들어가
칼로 박박 머리를 깎고
보름 동안 단식을 하고서 있었는데,

단식 뒤에 비실비실 절 밖으로 빠져나와
윤고산尹孤山 비석 옆의 목백일홍 핀 걸 보니
야 이때 이것만은 참말 환장하겠더군!
진짜로 살맛이 새로 생겨나더군!

막걸리송頌

—남산의 하꼬방집 서라벌예술대학에서

서울의 쓸 만한 빌딩들은 6·25 동란에 모조리 망가져서
우리 서라벌예술대학은 남산에 하꼬방집을 짓고
거의 외상으로 강의를 하고 있었네.
허기진 배로다가 우리 교수님들이
숨을 헐떡이며 그 남산 변두리까지 오르면
교무과원들은 바께스에다가 막걸리를 대령해 놓고서
"강의 전에 위선 몇 양재기 들이켜 보시지요."
친절하게는 권고해 주셨네.
그리하여 막걸리가 그래도 이 세상에선
가중 좋은 거라는 걸 새삼 알게 되었네.

* 이건 1954년 봄 일로 기억하고 있다.

명동 명천옥 친구들

폐허 서울의 1953년 겨울 언저리부터
1960년 초봄 언저리까지에는
해가 설핏한 어스름 때만 되면
호주머니에 동전 몇 닢의 여유밖에 없는 친구들은—
김동리니 황순원이니 정한모니 하는 친구들은
서울 명동의 국밥집 명천옥에 모여들었지.
막걸리에,
시래기 된장국에,
청포묵 한 접시,
생굴 한 접시,
요런 상이 제일 좋아 모으긴 모았지만,
한두 사람 힘으로는 그것두 너무 벅차
호주머니에 남은 돈을 모주리 긁어 모아
주식회사를 꾸며서 겨우 마셨지.
주株를 긁어모아 회계를 잘 해내던
회계는 언제나 깐깐한 김동리.
한 번도 실수 없이 그는 이걸 잘했지.
그러고 우리가 매양 합창해 댄 건

'이 풍진 세상을 만났으니

나의 할 일이 무엇이냐?'

하는 바로 그것이었는데,

이걸 6, 7년은 좋이 불러 댔으니까

그 길이를 모다 합해 놓는다면

이 좁은 반도 나라를 에워싸고는

몇천 번을 돌고도 남는 것이었을 게다.

9
사십 대 시편 1

미국 아세아재단의 자유문학상

난생처음의 문학상이라는 걸
그것도 미국 사람들이 준다고 하여,
아내는 그걸 탈 예복으로써
깜장물 들인 순 무명의 두루마기를 짓노라고
밤 깊도록 바느질을 하고 있었지.
손톱마다 깜장물이 들어 있었지.
점잔한 미국 색시가 시상하고 있었는데
그래도 영어로 한 마디
"탱큐, 마이 네임 이스 서정주" 해야 할 것을
"탱큐, 아이 엠 서정주"라고
엉겁결에 그냥 해 버렸었지.
그러구서 그 상금으로써는
아내와 어머니와 장모님의
금가락지를 한 벌씩 해 드렸는데,
이거 역시 나로서는 난생처음 일이라
모두 다 두 눈을 휘둥그렇게 뜨고
세상에 별일도 다 보겠다고
나를 대단히 주목하기 시작했었지.

미국 사람들 덕 한번 톡톡히 보았지.

* 내가 난생처음으로 받은 문학상. 이 상을 내가 탄 것은 1955년의 아직 추운 이른 봄이었던 듯하다.

2차 단식

……그러구서 또 할 일이
무에 신통한 거나 있나?
맛들이면 굶는 것도 여반상如飯床이라고
단식이나 또 한 보름 하고 누워 있었지.
안타까운 머리나 박박 또 깎고,
광야의 세례 요한이나 생각하고 있었지.
'요한은 약대 털옷을 입고
먹는 것은 메뚜기와 석청일레라.'
내가 읽은 모양 중에선 가장 씩씩한
요한의 그 모양이나 그려 보고 누웠다가
나도 깨어나선 메뚜길 구해 볶았지.
껄껄껄껄 껄껄껄
먹기가 좋았지.

졸도

1956년 1학기 말에던가는
나는 동국대학교의 시간강사로
한산모시 흰 두루마기를 입고
'신라연구' 강의 중에 영양실조로 졸도하셨는데,
지금 곰곰이 회고해 보니
그때 생각만큼은 그래도 말짱했었어.
'도스토옙스키가 간질로 이랬을 때에는
희한한 법열도 느꼈다던가?
그렇게까지는 안 된다손 치드래도
절대로 챙피한 꼴을 보이지 않아야지.
적어도 화랑국장花郎國長쯤만큼은 버티어 봐야지.'
그래서 벌떡 나자빠지지는 않고
교탁 아랠 붙잡고 동그맣게 앉아 있었지.
나야 그만큼은 그래도 심미파였지.

미아리 서라벌 시절

6·25의 참상을 어린 눈으로 겪은
대한민국에서 제일 한 많은 청년들만 모여들었으니까,
그렇지 아마 이 천지에서도 둘째가라면 섭섭할
기막힌 시인 지망생들만 다 모여들어 있었지.
그래 1958년 언저리의 그 미아리 서라벌 강의실에서 나는
"기막힌 기막힌 시만을 써라!"
학생들의 비위에 맞춰 외치고 있었지.
그러고는 중국 사람 싼 음식집으로 달려가
빼갈에 부채표 활명수를 타 마시고 있으면
학생 녀석들도 따라와서 "같이 마십시다" 했었지.
"그럼, 한두 잔만 하고 떨어져 가라" 하면
그래도 영 들어 먹지를 않고
"요 뒤 길음시장에 가서
막걸리로 잘 좀 헹궈 냅시다" 하고,
나를 뒷골목 어디 하꼬방집으로 끌고 가서는
"화무십일홍이요 달도 차면 기우나니
노세. 젊어서 놀아 아니 놀고서 무엇을 하리."
젓가락으로 술상을 때리며 고래고래 소리 질렀지.

여기는 공동묘지였다가 파 버린 지 얼마 안 되는 길음시장.

비나 내리면 나도 아무렇게나 소리를 질렀지.

불혹 때의 혹

아린 이를 뽑고 나니 산이 그리워
××산 밑 삼밭머리를 찾아갔었네.
불로인삼不老人蔘의 그 삼밭이 아니라
마의태자가 해 입고 단발령을 넘었던
그 노오란 삼베의 원료 삼밭 말일세.
새파란 용소 물빛 풍뎅이들이
윙윙윙 날아가는 곳 따르다 보니
어느 여고 새 졸업생 하나이 어느 방에서
시 낭독을 하는 소리가 들리어와서
귀 종기어 들어 보니 그건 내가 쓴 시였네.
그래 또 유심히 그 계집애 모양을 보니
그것도 이 땅에선 기중 이쁜 거였네.
그리하여 그 뒤 나는 이 불혹不惑의 나이로
꿀 먹은 벙어리처럼 또 한바탕 되어서
한두 해의 겨울 눈벌을 헤매 다녔지.
그러신데 그래도 그중 다행인 것은
이 사실은 갖다가 그네 본인에게도
이 하늘 밑 아무한테도 말 아니한 거였네.

10
사십 대 시편 2

1960년 4월 19일

"설마가 사람 죽인다고,
혹시 모르니
오늘은 각별히 조심해라."
1960년 4월 19일 아침
나는 아무래도 예감이 좋지 안해
내 큰자식 승해의 대학 등굣길에
이렇게 간절히 당부하고 있었다.
그랬더니, 아니나 다를까.
이날 경무대로 몰려가던 학생 데모대의 선봉은
돌연한 발포로 죽기도 했는데,
내 아들은 그 도중에서 내 당부가 생각나
통의동 골목으로 새어 살아왔대나.
시是보담도 비非보담도 무엇보담도
이것 하나 정말로 다행한 일이었다.

* 경무대는 지금의 청와대의 옛 이름.

4·19 (2)

K고교생 A군과 C군은 소년 시인으로
4·19 전 해부터 내 문하에 드나들었는데,
4·19에서 며칠이 지난 어느 날에는
C군만이 혼자 와서 내게 말해 주더군.
"시청 앞에서 야단이 났다고 해서요.
A군하고 둘이서 구경을 나갔더니만
함부루 총을 빵빵 쏘아 대는 바람에
둘이서 손을 잡고 마구 뛰었습지요.
그러다가 A군은 총에 맞아서 죽고,
저만이 이렇게 살아서 남었어요!"

횡액

1961년의 5월 16일에 박정희 소장의 군사혁명이 일어나고 이틀 만엔가, 사흘 만엔가, 나는 전혀 그 이유를 짐작도 못하는 채 ××경찰서에 연행되어 잘칵 그 구치소에 집어넣어져 버렸습니다. 영문을 모르니 더구나 조마조마키만 하여 밤늦도록 뜬눈으로 말뚱거리고 누웠으면, 간수 순경들이 밖에서 소곤거리는 말엔 "저것들 곧 퉤질 것도 아직은 모르나 봐." 어쩌고 하는 소리도 가끔은 들려와서, "이것 참 되게는 운 사납게 걸려들었구나." 겨우 이런 느낌이나 끼리고 지낼밖에는 아무런 딴 도리도 없었었습니다. 신문을 받으러 드나드는 한방 사람들 입에서 "자유당 때 깡패 두목 이정재도 이 구치소에 있고, 혁신파 우두머리인 민족일보 사장 조용수도 여기 있다는데……" 하는 소리를 들었을 때는 온몸에 소름이 쭉 끼치기도 했습니다. 왜냐면 나는 여기 갇히기 전 언젠가 무슨 교수단의 단장이라는 조×제 박사로부터 '귀하를 본교수단의 위원으로 위촉합니다' 하는 엽서를 한 장 받고도 무심결에 거절 통지도 못 낸 채 있었던 것인데, 이게 걸려들어야만 할 그 혁신파 아닌가 염려가 되었기 때문입니다. 내사 이 교수단 사무소가 어딘 줄도 모르며, 입회원서 같은 것도 낸 일도 없으며, 그 회의에도 단 한 번도 참석한 일도 없으며, 또 그것이 때갈 만한 단체인지 아닌지 그런 것조차 깡그리 모르고만 있긴 했지만, 일이 이런 때에 이쯤 걸려들었으니 불의의

함정도 이거야 참 휑뎅그르키만 한 거였죠.

중위던가 대위 계급장을 단 임시 서장이 나를 불러내 가지곤, 김일성이의 조선인민공화국의 깃발이라는 것을 내 눈앞에 바짝 펴 보이면서 "이게 무엇인지 잘 아시겠지? 당신 제자들이 이걸 들고 휘날리며 데모를 했단 말이요!" 하는 데는 그저 그저 어안이 벙벙할밖엔 없었습니다. 내가 제아무리 해방 직후부터의 내 반공 활동의 경력을 대며 변명을 해대도 아무 소용도 없을 뿐이었습니다. "혁신파 교수단장 조×제 박사라는 자와 그 사무국 사람들이 잡히기까지는……"이란 조건부로 나는 다시 구치 감방에 집어넣어진 채, 하루가 가고, 이틀이 가고, 닷새가 가고, 열흘이 가고, 보름이 가고…… 내 그 묘한 체념이란 것의 부피도 세월이 감에 따라 점점 더 깊어져만 갔습니다. '이렇게 해 죽는 수도 있긴 있는 것이군……' 가만히 속으로 그쯤까지 생각하며, 피식 바보웃음을 웃어 보는 언저리까지요.

그러신데, 이것, 조×제 박사와 그 진짜 일행들에겐 좀 미안한 일이지만, 내가 갇힌 지 보름인가가 되어 임시 서장한테 또 불리어 나갔더니, 이번엔 제법 설렁탕까지 한 그릇 딱 내 턱밑에 바쳐 놓고서, 씨익 웃어 보이며, "이거나 자시고 나가시지요. 조×제의 사무국장이 붙잡혀 와서 두루 다 잘 알게 됐습니다. 하하하하. 인제사 말씀입니다만, 서울

대학의 최×환 교수를 잘 아시지요? 그분이 바로 제 외숙입니다" 하는 것이었다.

최×환이라면 나두 잘 알구 말구. 그는 서울대의 교수고 나는 동국대지만, 우리는 둘이 다 충분히 가난하여서 국학대 같은 데에 시간강사 품팔이도 함께 하면서, 한 합승차에 같이 탈 때는 그 운임만큼은 '내가 내겠다'고 서로서로 앞장서기도 했던 사이니까……

어허허허! 이 세상에 발붙이고 살아가자면 이것 참 주의해서 살 일이라고!

* 이 글에 보이는 이정재, 조용수는, 아시다시피, 뒤에 사형 집행되었다.

중년 사나이의 연정 해결책

점잖은 중년 사나이가 그 연정을 풀어 보기라면
데이트 상대는 아무래도
눈 맑은 수녀나 여승 같은 이가 좋겠군.
그리하여 그 처음 거는 수작 말씀은
"이 다홍을 어떡하면 분홍으로 하나요?"
그쯤 하는 것이 가장 좋겠고,
또 그 다음이나 다음다음엔
"이 분홍 요건 또 어떠하오리까?
쫄쫄쫄쫄 흐르는 시냇물빛으로나
씨원스레 아주 싹 고쳐 놓아 주사와요."
어쩌고저쩌고 그쯤하면 되갔지?

하늘이 싫어할 일을 내가 설마 했겠나?

연애지상주의파의 한 노처녀가
사내인 그대의 사십 대 후반기쯤에 나타나서
"나는 줄곧 당신을 혼자서 사모해 왔거던요."
한다면,
그러고 또 그대가 이미 처자를 거느린 가장이라면,
이거 이런 경우엔 어떻게 하면 좋지?

'너 좋알라 나 좋알라' 받아들여서
사람들 눈 피해서 붙고 노는가?
아니면 '참어라 참어라 참어라' 하며
멀찌감치 피해서 비껴 살아가는가?

우연처럼 참 우연처럼 꼭 한 번
내게도 이 시험이 사십 대 후반엔 왔었다.
그러나 그 결과는 침묵함이 좋겠다.
'너 좋알라 나 좋알라' 였대면
욕과 팔매질이 뒤따를 게고,
'참으세요 참으세요' 권면했대도

"짜식 참 되게는 깨끗한 체라고……"
어쩌고저쩌고 믿지도 안 할 테니……

공자가 이 경우에 써먹으시던 말씀
"하늘이 싫어할 일을 내가 설마 했겠나?"
그거나 습용하며 침묵함이 좋겠다.

만득지자와 수壽의 계산

무릇 고희가 넘도록까지 수를 누리고 싶은 사람은
사십이 넘어서 만득의 아이를 가질 일이로세.
조강지처 아닌 딴 배를 빌리면 복잡하니까
꼭 그 조강지처의 배에다 그리 할 일이로세.

요새 같은 '둘만 낳기' 운동의 시대에서도
이삼십의 젊은 때에 그걸 다 만들지 말고
하날랑은 남겼다가 느지막이 낳을 일이로세.

제아무리 야박하고 자발없는 사람도
제 자식 아낄 줄은 아는 것이고,
자식 위해 제 몸 아낄 줄도 아는 것이니,
이걸 아껴 박사 과정까정 공부를 시키자면
그게 모두 합해서 그게 몇 핸가?
학령 전이 6년에 국민학교가 6년,
중 · 고 6년에 대학이 4년,
그러고는 또 병정살이가 3년에
대학원이 5년이면 그게 모두 얼만가?

6, 6, 4, 3, 5—

그걸 모두 합치면 그게 몇 핸가?

그만큼만 어떻게라도 따라 살다가 보면

제절로 수壽만큼은 떼논 당상 아닌가?

옛날에 아브라함이 늙은 아내한테다

애를 배게 했던 것도 이 때문이었을 거야.

* 내 둘째이자 막내아들인 윤潤은 1957년생이니, 내 나이 만 42세 때에 낳았었다. 그래, 이 아이가 자라는 옆에서 나는 내 불가피한 장수의 나이를 계산해 보며 살아왔다.

경춘선의 5년 세월

1963년 춘삼월 언저리서부터설라문
1968년 초겨울 싸락눈 때까정에만도
경춘선 기차 속엔 한눈팔이도 참 많기사 많아
나도 한몫 거기 끼어 어슬렁거리고 다녔지.
주에 하루 오는 ××여대의
강사료 벌이랬자 무에 눈에 차겠나?
그러니깨로 불가불 나도
감자바위에 얼크러지는 칡덤불에 칡꽃이니
고 밑에서 쥐여짜 내는 감자술 막걸리니
고걸 먹고 지랄하는 왼갖 잡새 타령이니
고 틈에도 끼어드는 순댓국집 갈보니에
요리조리 한눈을랑 팔고 지냈지.
그러면서 한여름의 황혼마닥은
'강촌'이란 마을의 산골에 들러
냇물 속에 훔빽훔빽 잠기고서 지냈는데,
그때마다 뼈에 저려 오던 그 먼 산 뻐꾹새 소리
그것 하나에서만큼은 한눈도 잘 안 팔렸지.

11
오십 대 시편 1

공덕동 살구나뭇집과 택호—청서당

공덕동 살구나뭇집에 봄마다 꽃 피는 고 늙은 살구나무를 심고 살다 죽어간 귀신들은 지금은 나이가 몇백 살씩인지 그거야 영 알 길이 없지만서두, 1945년부터 1970년까지 내 식구들이 여기 살던 고 사반세기의 세월 속에서도 실제의 호주는 내가 아니라, 밤이나 낮이나 요 매우 잘 늙은 할망구—고 살구 꽃나무 한 그루였습니다.

마을에서 여러 대를 장사해 온 중국 사람 가賈 서방네 청요릿집에서도 나한테 외상을 받으러 쪽지를 적어 보낼 때에는 서정주란 이름은 제쳐 두고 '살구나뭇집 주인전前'이라고 늘 써 보냈었으니, 이 늙은 살구꽃나무의 유명함은 온 마을에서도 실로 요만큼한 것이었습니다.

가난한 내 식구들에게는 이 세상에선 제일로 값비싼 진수성찬이었던 고 가 서방네 외상 우동 한 사발씩을 꿈에 떡 먹기같이 내 식구들이 노나먹고 앉았던 고 살구꽃 철에는, '나도 좀 달라'고 "나 조, 나 조" 하며 한 살짜리 내 막냇놈도 고 우동사발 옆으로 몽기작몽기작 엉겨들었는데, 깊이 잘 생각해 보자면 이것도 모다 고 늙은 살구나무 귀신님이 고 이름으로 쓰여 댄 외상 덕분이라 할 수도 있었굽쇼.

그리하여 이 늙은 살구나무에 꽃과 열매가 다 없어져 버린 여름철에는 나는 고 허전하게만 되어 빠린 내 뜰에다가 잎사귀 사운거리는 소리가 시원한 우리 시굴의 고 수수의 밭을 만들고, 사각, 사각, 사각, 사각…… 매양 소곤거리기만 하는 고 수수의 소리를 듣고 지내며, 택호도 고 뜻으로 '청서당聽黍堂'이라고 해두었는데, 이것도 물론 고 살구나무 귀신님의 기분에 잘 들기 위해서였굽쇼.

그러신데, 요 택호만큼은 또 오래잖아 내 후배 시인 송영택이가 하도나 "나 달라"고 해 쌓는 통에 그 사람한테 그냥 넘겨주었습고요. 요만한 일이사 나도 과히 인색한 편은 아니었으니까니……

주붕酒朋 야청 박기원

야청 박기원이는 박제해 논 학같이 늘 움씩도 않고 앉아 있는 모양이 내겐 좋아 보였다. 몇 되의 술이 그 속으로 들어가 봐도 여전히 별다른 기척도 없이 그저 "하하하핫" 그런 가짜만 같은 4음절의 웃음소리나 겨우 찌끔씩만 목에서 내놓고 지내는 게 맘에 들었다. 주로, 서울 명동의 다방 '갈채'나 '코끼리' 같은 데에서, 오전 11시경부터 밤 11시경까지, 별로 기대리는 사람도 없이 꼿꼿이 그러고 버티고 있는 게, 맘에 들었다. 왕대폿집 쐬주나 막걸리 값도 별로 없이, 1년이건 2년이건 5년이건 10년이건 매양 그렇게 앉아 있는 게, 맘에 들었다.

나이는 나보다 5년인가 위이지만 문단엔 나보다 뒤에 알려져서, 그걸로 서로 상쇄해 "여보게" 서로 부르고 지냈었는데, 어느 해던가, 꼭 송아지 목메이는 눈물만 같은 가을날 황혼에 '코끼리'란 다방으로 오랫만에 그를 추적해 갔더니, "여보게 미당. 자네 〈아리랑〉의 신일선 양이나 한번 만나 보러 가지 않겠나?" 하는 것이었다. 그야 물론 좋은 일이었지. 중학 1학년 때 내가 보고 반했던, 그 〈아리랑〉이란 영화의 주인공 나운규의 애인 신일선이를 인제사 오십 대에 와서 처음으로 한번 만나러 가 본다는 건……

다동 옆 서린동의 어느 골목이던가. 그 신일선 양의 왕대폿집을 찾아가서 그녀를 요리조리 여러모로 뜯어 보아하니, 양은 이미 예순이 가까운 나이로, 가는 명주 주름투성이였는데, 그 눈웃음 하나가 허서그푸게 곱기는 옛 스크린에서나 지금이나 매일반인 듯싶기는 했다.

"자네도 그 손등이라도 한번 만져 보란 말이야." 야청이가 부하를 특별히 아끼는 왕초처럼 실력 있게 말하기에, 나도 권에 못 이기는 양 고로코롬 한번 해 보았더니, 아닌 게 아니라 그래 보는 것도 괜찮긴 괜찮었었다.

울산바위 이야기

하누님이 금강산을 처음으로 꾸미려 하셨을 때, "무얼로건 자신이 있는 바위들은 모다 모여 와라" 하니, 경상도 울산에 살고 있던 덩치가 이 나라에선 제일 큰 울산바위도 그 자신으로 날아올라 강원도 금강산으로 가고 있었는데, 한참을 날아가다가 둘러보아 하니, 세상에 제 잘난 체만 하는 왼갖 기암괴석들이 하눌이 새카맣게 앞을 다투아 모다 날고 있는지라, '내 체모로서 어찌 저 잡것들 속에 한몫 낀단 말인가?'만 싶어, 도중에 설악산 한 귀퉁이에 평퍼짐히 주저앉고 말았다는 이야기가 있습니다.

그래, 1967년의 여름방학 때에는 나도 국민학교 4학년짜리 내 막내아들을 데불고 설악산의 그 울산바위 구경을 갔었는데요. 그 애한테 '이렇게 하라'고 말까지는 하지 안했지만, 이 바위의 전설을 그대로 알려 준 까닭은 물론 '너도 경우에 따라서는 이렇게라도 해서 살아야 한다'는 내 오랜 경험 끝의 교훈을 암시해 두자는 것이었습니다.

김칫국만 또 마셔 보기

1968년에던가에는 나는 너무나도 돈에 궁하여, 2백만 원의 상금 하나만을 노리고 내 시집 『동천』을 걸어, ×××문화상을 지망해서 도장 찍고 서명하여 지원서까지도 냈었지. 이런 지원서 내는 상에까지 참가하기는 이것이 난생처음이었지.

'떡 줄 양반은 꼼짝도 않는데, 김칫국부터 미리 마시기'란 쌍말 그대로 지원서 제출 이후 몇 달인가를 군침만 삼키면서 목당그래질만 하고 지내자니, 자연히 아래와 같은 시귀절 같은 것도 떠오르기도 했었지. '보름을 굶은 아이가/산 하나로 낯을 가리고 웃으면/또 보름을 더 굶은 아이는 산 두 개로 낯을 가리고 웃고……' 어쩌고 말씀야.

그러신데, 그것도 내게는 운이 안 닿아, 박목월 군에게로 넘어가 버리고, 그렇지, 나는 결국 고 '김칫국만 또 마셔 보기'의 고 김칫국 맛이나 또 한번 자알 실감하게만 되었지.

여자들의 손톱 들여다보기

하늘이 너무나 눈부시게 밝은 날은
모든 게 두루 못 견디게 빤해서
유리창 안에 갇힌 곰이
들여다보는 구경꾼을 피하듯
피하다가 피하다간 술잔도 들거니,

이러언 날은 여자여.
무슨 결판이건 내지 않고는 못 견딜
그대 그 맑은 두 눈망울을 들여다보기보다는
차라리 그대 그 반투명의 열 손톱을 보노라.

그대 손톱들은 분홍의 커튼을 드린 듯
아늑하고, 빤하지 않고,
또 찌끄만 반달도 다 떠오르며 있나니,
오십 대의 호주남好酒男에겐 요 정도가 좋아라.

또 한 개의 전화위복

일정 때 순사 출신의 내 바짝 이웃사촌 사내는 눈웃음과 이빨이 괜찮었는데, 하도나 취직만 하나 시켜 달라구 졸라 대기에, 나를 아주 괄시를 해버리고 말 수는 없던 고 ×청 ×장에게 청탁하여 고로코롬 한 번 해주었더니, 그 식구들은 그 취직값으로 밥을 묵고 새끼들을 기르고 어쩌고저쩌고 그럭저럭 살다가는 한 십여 년 지내니깐드루 나라는 사람 일은 그만 깜박 잊어버렸던 게지, 조카사위라던가 하는 윙머식한 젊은 사내를 불러들여 무허가 소규모 철공소를 하나 그 뜰에 만들고는 날이 날마다 뚝딱뚝딱 쓰르르쓰르르 쾅쾅쾅쾅 쇠붙이의 엄청난 소음만을 빚어 가장 고요한 시만을 쓰기 전공인 내 방의 내 두 귀에 몽땅몽땅 몰아넣어 보내는지라, 할 수 없이 나는 그만 보따리를 싸기로 하고, 관악산 밑 사당동舍堂洞의 가시밭 속에 아주 헐한 땅을 좀 사서 됫박만 한 집을 한 채 짓길 비롯했나니…… '예편네는 없더래두 고무장화만은 있어야 산다'는 그 질척키만 한 쑥대밭에, 쌍것 중에도 상쌍것인 그 사당寺黨의 귀신들이 "못살겠네 못살겠네" 죽어서도 아우성인 양한 그 묘한 윗 사당동 산비탈에 새집을 짓기 비롯했나니…… 1969년의 가을부터 겨울이 가기까지, 발톱이 어는 것도 깡그리 모르고 나와 아내 둘이서 번갈아 건축 현장을 지키며, 부디 좀 단단히만 지어 달라고 "박 사장, 돼지갈비나 좀 구워 자시고 할까? 김 사장, 쐬맥에 쇠머리 수육이라도 좀 자시고 하실까?" 노가대 판 비위만 맞추고 서 있었나니……

그리하여 드디어 난생처음으로 그 새집이라는 걸 하나 지어 갖긴 갖게 되었었나니, 전화위복이란 별것이 아니로다, 바로바로 요로코롬 해서 되는 것이로다.

* 서울 관악구 사당동은 이왕조 때에는 천인 중에도 천인인 그 '사당'들이 쫓겨와서 살던 곳이니, 社黨 · 寺黨 · 舍堂 · 捨堂 등의 한자어로 쓰여져 온 이 말의 본뜻은 승려까지는 아직 안 된 남녀의 불교 예술가들을 말하는 것이다. 1982년 현재의 지금은 관악산 바로 밑의 내 거처 일대는 남현동이란 이름으로 동명이 고쳐져 있다.
* '쐬맥'이라는 것은 돈이 적고 속이 약한 사람들끼리 술을 마실 때, 먼저 싼 쐬주로 적당히 취한 다음, 맥주 한두 병쯤으로 입을 헹궈 내는 경우에 붙여 쓰는 말씀이다.

12
오십 대 시편 2

사당동과 봉천동의 힘

서울시의 쓸 만한 곳에서는 어디서나 '너무나도 더럽고 챙피하게만 산다'고 철거당해 쫓겨나서, 마지막으로 모여 온 사람들이 하꼬방이니 뭐니 그런 걸 망그라 옹기종기 살고 있는 우리 사당동과 봉천동은 비가 오면 또 너무나도 질척질척한 진펄뿐이라서, 마누라는 없어도 고무장화만은 있어야만 사는 곳이라, 나도 비 오는 날 동국대학교 같은 데에 강의를 나가자면 한 25분쯤은 그 고무장화로 걸어가다가 남성동의 86번 뻐쓰 종점 옆 구멍가게에 그걸 벗어 맡겨 놓구서야 들고 간 구두로 갈아 신고 뻐쓰에 올랐는데요. 어느 날은 두리번두리번 그 뻐쓰 안을 둘러보아 하니 이게 웬일인지 어떤 창켠에 앉을 자리가 하나 덩그랗게 비여서 있는지라 가서 덥석 앉으려 하니 그건 또 다른 게 아니라 천정에서 이어 새는 물방울이 그 눈을 아주 잘 맞추어 놓고 있는 바로 그 자리였어요. 그러나저러나 간에 나는 일찍부터 이미 너무나 피곤하여 얼마든지 젖을려면 젖어라 버티고 앉아 있는데, 사당동의 본사당동 뻐쓰 스톱에 당도해 있노라니 오전부터 두 눈에 선짓빛 핏발을 뻘겋게 만들어 세운 사십 대쯤의 한 쌍의 장년 부부가 초라하겐 무수한 짐 덩이들을 양손에 들고 머리에 이고 또 가슴에 안고 밀치며 비지땀을 빼며 이 속으로 또 살러 오고 있었는데요. 그 둘 중의 그 사내 된 자는 그래도 천군만마의 창칼 속을 돌파해 온 도망의 무슨 장군이나 되는 것처럼 묘짜로는 끅끅끅끅 웃어 자치면서 "허어? 여기다 실례할꺼나? 저기다가 실례할꺼나?" 하며, 그 불결한 짐 보따리들을 여중생의 앉은 무릎 위에다가도 철썩 올려놓고, 국민학교 아이의 무릎 위에다가도 슬그머니 얹어 놓고 했어요.

자유중국의 시인 종정문이가 찾아와서

자유중국의 시인 종정문鍾鼎文이가 서울의 국제펜클럽대회에 임어당林語堂과 함께 대표로 왔던 길에 내 후배 시인 허세욱의 통역 안내로 비 내리는 날 관악산 밑 진펄 속의 내 집을 찾아들어서, 주로 우리는 그 술이라는 것을 좀 과음하고 앉았다가, 그의 귀로, 남성동 뻐쓰 종점까지 걸어가는 사이에 있는 — 서울 화교들의 공동묘지 옆을 지나게 되었는데, "야아! 이건 눈에 익은데! 눈에 익어!" 하며 종정문이는 그 묘지 속으로 뛰어 들어가더니, 그 어디 멈춰서서 사타구니를 까고 오줌을 유쾌하겐 쭈룩쭈룩 내려깔기고 있었다.

그러면서 그는 이어 외치고 있었다 —

"야아! 이것, 대만서 떠나온 뒤론 첨으로 오줌 한번 마음 편히 누어보는구나!"

그래 나도 마음이 훨씬 더 순진하여져서, 그와 그의 화교의 귀신들을 위하여 '나무 사만다 못다남 옴 도로도로 지미 사바하' 하는 그 사방의 귀신들을 위로하는 '오방내외안위제신진언'을 세 번이나 되풀이해 청을 돋구어 외어 주고 있었다.

선덕여왕의 돌

어느 해 어느 날이던가는 딱이 잘 기억이 안 나지만 1970년에서 1974년 사이의 어느 날인데, 시인 임성조가 해인사에서 중노릇을 하다가 경주 선덕여왕릉에 들렀을 때 줏은 것이라 하며 꼭두각시만 한 분홍빛 돌 하나를 관악산 밑의 내 봉산산방으로 가져 왔다. 이 돌의 골짜기에는 선덕여왕 그분의 몸의 어디메에도 더러 돋았을 그 터럭 비스름한 이쁘고 푸른 이끼도 잘 끼어 있어서, 나는 내 눈에 잘 띄는 곳에 이걸 모셔 두고 조석으로 그 이끼에 물을 주어 먹이며 가까이하고 지내기로 했다.

이 양반 때문에 지귀라는 미친놈이 짝사랑병이 다 생겼단 말을 들으시고는 낮잠 든 그놈의 가슴패기에 이 양반이 금팔찌를 다 벗어 놓아주었다는 것이라든지, 또 이 양반은 이 양반이 죽은 뒤에 마음으로만 놓여서 살 하늘 속의 적당한 자리까지를 미리 말해 둔 것이라든지, 또 모란꽃 내음새가 어느 만큼 날 것인지도 그 씨앗만 보고도 잘 아셨던 일이라든지— 이런 건 모다 두루 내 맘에도 썩 잘 드는 일인지라, 이 돌이 내게 오게 된 그 인연의 실오라기를 슬금슬금 마음속으로 풀어 보며 지내는 것은 내게는 매우 고요하게는 묘한 심미審美가 되었다.

꿩 대신에 닭

내 아내는 1938년 봄 그 나이 만 열일곱 살 몇 달쯤 되던 때에 스물 두 살 아홉 달짜리 내게로 시집을 왔는데, 그네의 친정에서 장만한 아주 썩 좋은 화류 옷장을 선물로 가지고 왔었습니다. 그런데 시집온 지 6년 만인 1944년의 일정 말기의 그 지독스렌 굶주리던 시절에 너무나 배가 고파서 내가 이걸 팔기로 했더니, 아무 말도 하지는 안했지만, 두 눈에 눈물이 핑덩그르해지며 입만 삐쭉거리고 있었습니다.

그리하여 그 뒤 28년을 나는 이 화류장롱의 무슨 대용품도 사 주지를 못한 채 지내 오다가, 1972년에 내 문학전집을 발행한 인세로 받은 2백만 원 중 50만 원을 떼어 아내의 소원대로 비로소 저 통영식의 자개장롱이라는 걸 하나 미안닭음으로 사 주게 되었는데, 처음 그 화류장롱을 싣고 시집올 때와 같은 그런 씽씽한 웃음을 웃어 줄 줄로만 알았더니, 그게 아니라 이번 웃음은 아주 펑퍼짐하고 헤벌럭하게만 되어 빼려서, 나도 마주 보며 거기 맞추어 헤벌럭이 웃고 있을밖에는 딴 도리가 없었습니다.

내 뜰에 와서 살게 된 개나리 꽃나무 귀신

첫 봄날, 사당동의 어느 빈터의 정원수 가게 옆을 지나며 보니, 장비 팔뚝만하게 굵직한 둥치 위에 우산을 씌운 듯한 모양의 개나리 노목 한 그루가 두두룩히 눈에 들어서, 부르는 값대로 만 원인가를 주고 사서 우리 집 뜰에 옮겨다가 심었는데, 그 꽃나무 장수는 그만큼 한 값을 받은 것이 무에 그리 좋은지 쐬주라도 한두 잔 들이켠 듯한 눈망울로, 묻지도 않은 그 개나리 꽃나무의 역사 이야기를 대략 다음처럼 늘어놓고 있었습니다.

"살다가 보면 별일도 다 있지, 별일도 다 있어! 과천 산골째기의 마을 집들을 기웃거리면서 '꽃나무 파시요! 파시요!' 웨장치고 가노라니깐, '일루 들어오슈' 어떤 할망구가 문간에 나와 서서 부르기에 따라 들어가 보았더니, 그 꽃나무가 별 딴 나무가 아니라 바로 이 개나리더군요. '이건 죽은 우리 집 영감이 여러 십 년을 두고 매만지며 가꾼 것이라오. 영감이 간 뒤 나만 혼자 남아서 이걸 보고 지내자니 속이 언짢아서 이러우. 그러니 값 달라군 안 할께 어서 냉큼 캐내나 가시구려' 하는 것 아닙니까. 살다가 별일도 다 있지, 별일도 다 있어!"

그리하여 이 개나리 꽃나무에 붙은 귀신은 인제는 자기의 홀로 남은 늙은 마누라의 곁을 떠나서 할 수 없이 우리 집 뜰의 한 귀퉁이에 옮겨져 와 놓여 살면서 한 시름을 겨우 풀게는 되었는데, 곰곰 생각해 보자면, 이것, 꽃나무 귀신 노릇도 설 자리를 옮겨 가며 하긴 해야겠구먼요.

내 시의 영역자 데이빗 맥캔과 경상도 안동

1974년 여름이던가, 삼십쯤 되어 보이는 미국 청년 하나가 관악산 밑의 내 집을 찾아와서 "저는 서 선생님의 시를 영어로 번역하는 걸 요즘 제일 중요한 일로 생각하고 지내는 사람입니다" 하기에, 나는 "이 세상에는 나라들도 많은데 왜 하필 한국의 시를 골르셨나요?" 물어보았었다.

"예. 저는 미국에서 하아바드 학부를 졸업하곤 평화봉사단원으로 한국을 지망해서 경상도 안동의 농업고등학교에 영어 선생으로 부임을 하게 되었었는데요."

맥캔은 꽤나 유창한 우리말로 빙그레 웃으며 대답을 했다—"솔직히 말씀해서 저는 아직 한국에 문학다운 문학이 있는지 없는지도 잘 모르던 때라, 그 학교 국어 선생님에게 그것을 한번 물어보았었지요. 아, 그랬더니 그 국어 선생은 대뜸 노발대발하며 '당신이 우리나라를 거 어떻게 보시는 거요? 왜 우리나라에 좋은 문학이 없습니까? 여러 말 말고 우선 시조부터 나한테 배우소. 하루에 한 수씩 또박또박 배워 보소' 하더군요. 그래서 이 학교에서 3년을 지내는 동안에 저는 한국문학 공부를 열심히 했고, 좋은 시가 있는 나라라는 것도 어느 만큼 알게 되었습니다."

그래서 그는 안동의 3년을 마친 뒤에는 다시 그의 모교 하아바드로 돌아가서 석사 과정 두 해를 마치고, 박사 과정 공부만은 다시 한국을 택해, 현재는 고려대학교 대학원 국문과에서 수학을 하고 있는 중이라는 이얘기였다.

"안동에서?" 한마디를 되뇌며 나는 빙그레 아니 웃을 수가 없었다. 왜냐면, 맥캔과의 이 대화가 있기 바로 한 해 전에 내가 안동장에서 겪은 하기下記와 같은 한 사건은, 그 안동이란 곳을 기억하게 될 때마다 내게 언제나 두두룩한 웃음을 자아내게 하지 않고는 그대로 두지 않았기 때문이다.

김원길이란 후배 시인의 결혼 주례를 맡아 안동에 내려갔던 길에, 여름 칼국수 자리에서 펴고 사용할 그 덕석이라는 걸 하나 구하고자 안동장엘 들러 기웃거리다가 보니, 마침, 열 명쯤은 충분히 깔고 앉아서 그 여름 칼국수를 잡숫구도 남음직한 그 덕석이 어느 구석에 하나 잘 깔려 있는 게 보이고, 그 한가운데에는 또 한 이왕조의 그 갓이라는 걸 점잖게 쓰고 앉았는 그 덕석의 임자 할아버지도 겸해 잘 보여서, "할아버지, 거 얼마나 받으실래요?" 하고 내가 물었더니 "글쎄나 말일세. 하, 열나흘 동안이나 꼽박 이것만 절고 지냈음둥. 그러니이 들어간 짚값은 구만두고라도 하루에 백 원씩 쳐서 일천사백 원은 내놓아야지 않것나 뵈?" 하시고 있던 게 기억에 떠올라서 말씀이다. 천오백 원도 이천 원도 다 아닌—꼭 그 일천사백 원만을 고집하고 계시던 게 뜨시히 잘 기억에 스며들어 오고 있었기에 말씀이다.

* 데이빗 맥캔 씨는 뒤에 그의 모교 하아바드에서 박사 학위를 받아, 뉴욕주의 코넬대학교의 교수가 되었고, 또 미국의 가장 전통적인 시 동인지 『포에트리』의 유력한 동인 시인으로도 활약해 오면서 그 첫 창작 시집도 이미 내놓고 있다.

13
육십 대 시편

회갑 1

나는 을묘생의 토끼띠니까 그저 초식이나 잘 하고 토끼똥 같은 거나 누고 지내면서, 어느 의뭉한 거북이가 나를 바다 위로 업고 가며 "간을 좀 빼어다우." 조를지라도 "없다. 없어. 밤에나 그런 건 따 담고 지내지, 낮에까지 누가 갖고 다니니? 낮에는 그것도 빼 바위에 널어서 햇볕을 잘 쪼여 둔단다." 그쯤하고 살면은 그만 될 것이었는데, 내 아버지의 심부름꾼의 부실한 기억력과 호적리戶籍吏의 주먹구구가 무슨 속셈으론지 그걸 한 살 올려서 갑인생의 호랑이띠로 적어 두었기 때문에 이 세상의 법을 따라 나는 할 수 없이 호랑이 행세를 하지 않을 수 없게 되었습니다.

그래, 법대로면 환갑도 갑인년에 쇠어야 할 것을 내 아내는 이것만은 너무나 억울하다고 사실대로 그 다음 해 을묘년에 차리면서, 이 기념으로 아직은 나지막한 키의 순 국산의 아송兒松 한 그루를 사들여서 우리 집 내 방 앞의 뜰에다가 심어 놓았습니다. 이 아송의 나이는 이때 많아 봤자 이팔청춘 그 정도였는데, 아마도 나더러 그만큼은 나이를 줄여 한번 실컷 살아 보라는 소원이었겠지요.

회갑 2

내 환갑 기념 시화전을 열고 있던

제주도에 함박눈 내리던 성탄절의 밤,

내 옆에서 내 마고자를 눈물로 얼룩지우던

그 열아홉 살짜리 계집아인 잊을 수 없네.

진주의 무슨 여고를 졸업하고 왔다던가,

우리가 간 왕대폿집에 취직해 있다가

우리 술상 가에서 내 「국화 옆에서」를 읊조리고는

내가 그 작자란 걸 알고 내 옆에 와서 울던

그 계집아이 모양을 아조 잊을 순 없네.

* 내 졸작시 「국화 옆에서」는 고등학교 2학년 국어책에 벌써 여러 십 년 들어 내려온 관계로 여고 출신인 이 시의 여주인공도 고걸 외어 읊을 수가 있었다.

먼 세계 방랑의 길

"이 세상의 매력이란 매력은 모조리 만끽해 보자!
그걸로 또 여행기 책을 써 찍어 팔아설라문
억대 돈도 한번 벌어 잘살아 보자!"
환갑 진갑 다 지낸 전라돗놈이
한번 큰마음을 내 세계 방랑길에 올라서
단숨에 미국과 캐나다를 거쳐 멕시코로 갔는데요.
해발 이천오백 미터의 쿠에르나바카.
핏빛 부겐빌리아 꽃들이 수억만 송이
순도 백 퍼어센트의 공기에 처녀의 날간처럼 핀
그 속에 가슴 저려 앉아 있으니깐요.
열댓 살 먹은 선동仙童이 "아주 썩 좋은 거외다" 하며
무슨 선초仙草의 녹즙 한 잔을 갖다 주어서
마시고 나니 속이 왼통 뒤집히데요.
그리하여 입가심으로 술을 좀 과음하고 보았더니
아뿔싸! 눈앞이 그만 깜깜해지며
그 술상 위에 어푸러져 납작히 포개져 버리고 말았지.
병원으로 실어다가 산소호흡기를 댄다 어쩐다 하여
가까스로 살려서 멕시코시티로 데불어단 놓았지만

이번엔 또 그 부겐빌리아 꽃빛으로
객혈을 객혈을 너무나 많이 했사와요.
그리하여 멕시코 사람 피를 꾸어 담아 메꾸고는
그 다음으론 욕기欲氣일랑은 대폭 완화키로 하고
사아알, 사아알, 싸드읏, 싸드읏,
신선의 갈지자걸음으로만 돌아다니게 되었사와요.

진갑의 박사 학위와 노모

나는 무에 두루 늦기만 한 운수라
삼십 년을 대학에서 강의하고도
환갑에도 그 흔한 박사도 못했는데,
진갑에사 그게 하나 차례는 왔네만
내가 이미 중성도 넘게 여성적이 다 되어 그런지
숙명여자대학교란 데서 겨우 하나 그걸 얻게 되었네.

'이 세상에서 이걸 제일 좋아할 이가 누굴까?'고
고것을 가만가만히 생각해 보니
아무래도 그건 갓 구십의 내 편모일 것이어서,
난생첨으로 한번 효도도 해볼 겸
보재기에 그 박사 모자와 까운을 싸들고
어머니 앞에 가서 그걸 한번 쓰고 입어 보이고,
또 그걸 어머니께도 써 드리고 입혀 드렸네.

그랬더니 어머니는 내겐 처음의 존댓말로
"우리 서 박사님 어서 오시요" 하시었네.
시인이 무엇인지는 전혀 모르시면서도

박사라는 그것은 어찌 들어 아셨는지

"우리 우리 서 박사님이요?" 하시며 무척 좋아하셨네.

지손란

할아버지 산소에서
아내가 캐어 온
춘란에
지손란知孫蘭이라 이름 붙이는 날,
먼 나라에 가 공부하는
내 손자 거인居仁이의 일
유난히는 삼삼히 생각키어라.

명예교수

내가 오래 교수 노릇을 하다가 정년이 된 우리 동국대학교에는 정년 뒤의 출강자에게 주는 세 계급의 직명이 있으니, 1에 명예교수, 2에 대우교수, 3에 대학원 전임교수가 그것들이다. 그러나 정년퇴직 전보다 월급을 깎지 않고 주는 것은 대학원 전임교수한테뿐이고, 명예교수와 대우교수는 두 가지가 다 적당히 깎이는 것인데, 그중에서도 명예교수가 형편없이 제일 많이 깎이고, 대우교수는 반값 정도로만 깎이는 것이다.

그런데 여余에게는 그 세 가지 중에서 성인聖人의 중용지도中庸之道에도 알맞고 또 시인에게도 무던한 그 중치의 대우교수가 한 자리 차례가 와서, 이걸로 아내와 둘이서 호구 연명을 하고 살아오고 있거니와, 내 생각으로는 이것 대우교수라는 이름은 남이 듣기에 '아직은 덜된 교수'로만 여겨질 것 같아서, 그게 좀 챙피한 것이다.

그래 총장더러 그 말을 하고, "그 명예교수라는 듣기 좋은 이름일랑 월급을 찌큼치라도 더 받는 사람한테 붙여 주어야 할 것 아닌가?" 했더니, "좋다. 댁이 명예교수라고 칭하고 싶걸랑 그렇게 해라. 월급상 사실로 한 계급 높은 건 대우교수니까, 그래두 별다른 차질은 없을 줄 안다" 하여, 고로코롬 하기로 하고 여태껏 근무하고 있는 중이다.

서정주 연보

서정주 | 1915~2000

1915년	6월 30일, 전라북도 고창군 부안면 선운리(질마재 마을) 578번지에서 서광한(1885~1942)과 김정현(1886~1981)의 장남으로 출생.
1922년	마을 서당에서 한문 공부.
1924년	부안면 줄포로 이사. 줄포공립보통학교 입학, 6년 과정 5년 만에 수료. 3학년 담임 선생에게 글쓰기 과제를 칭찬받고 더욱 열심히 글을 쓰게 됨.
1929년	상경하여 중앙고등보통학교(현 중앙중고등학교) 입학. 11월, 광주학생 항일운동 지지 시위 참여. 경찰에 끌려가 가죽채찍으로 얻어맞음.
1930년	아현동 빈민촌 움막집으로 하숙 옮김. 학질에 걸려 귀향, 구사일생으로 살아남. 11월, 광주학생 항일운동 1주년 지지 시위 주모자 4명 중 하나로 구속되었으나 나이가 어려 석방. 학교에서 퇴학당함.
1931년	고창고등보통학교 2학년 편입. 비밀회합 및 백지동맹 사건으로 권고자퇴. 동생들(정옥, 정태)과 작품집(1집 『무지개』, 2집 『형제시첩』) 만듦. 아버지 돈 300원을 훔쳐 중국에서 독립군이 되려는 계획을 세웠으나 서울에 눌러앉음. 막심 고리키 독파, 사회주의 회의.
1932년	여름, 고창 월곡리에서 톨스토이, 위고, 투르게네프, 도스토옙스키, 보들레르, 니체 등 탐독.
1933년	마포 도화동 빈민촌에서 넝마주이 생활. 평생의 스승 석전 박한영 대종사를 만나 개운사 대원암 중앙불교전문강원에서 머리 깎고 불경 공부. 12월 24일, 동아일보에 첫 작품 「그 어머니의 부탁」 발표.

1934년 봄, 금강산 마하연까지 걸어서 송만공 대선사 찾아감. 만공이 참선 지도를 해주지 않아 하루 만에 되돌아옴. 석전 대종사의 제안으로 중앙불교전문학교 입학 예정인 두 스님에게 일본어 가르침.

1935년 중앙불교전문학교(현 동국대학교) 교장직을 겸임한 석전의 권유로 중앙불전 입학. 동기생인 시인 함형수와 각별한 우정 쌓음.

1936년 동아일보 신춘문예에 「벽壁」 당선. 4~7월, 해인사 소학교에서 아이들 가르침. 해인사에서 불경을 공부하던 범산 김법린에게 프랑스어 배움. 『시인부락』 편집인 겸 발행인. 통의동 보안여관에 살던 함형수의 단칸방을 사무실로 씀.

1937년 4~7월, 제주도 방랑. 이때의 체험이 『화사집』의 「정오의 언덕」 및 '지귀도 시'편에 반영. 고향에 돌아와 추석 무렵 「자화상」 씀.

1938년 3월 24일, 전북 정읍에서 방옥숙과 결혼.

1939년 고창군청 임시직 경리로 잠시 근무. 여름, 서울로 올라와 '노가대' 판에 가입.

1940년 1월 20일, 장남 승해 출생. 8월, 어선을 얻어 타고 서해를 떠돌며 「춘향전」 읽음. 방랑 끝에 돌아와 조선일보 폐간 기념시 「행진곡」 씀. 이미 신문이 폐간되어 『신세기』(11월호)에 발표. 9월, 만주 양곡주식회사 간도성 연길시 지점 경리사원으로 입사. 겨울, 용정출장소로 전근.

1941년 귀향길에 잠시 서울 체류. 비평가 임화, 「현대의 서정정신」을 『신세기』(1월호)에 발표, '우리 젊은 시단 제일류 시인'으로 평가하며 「행진곡」 극찬. 첫 시집 『화사집』(남만서고) 출간. 동대문여학교 교사. 행촌동에서 처자식과 새살림 시작. 2학기에 동광학교로 옮김.

1942년 동광학교 사직. 연희동 궁골로 이사해 「옥루몽」 번역으로 생계 유지. 8월 1일, 부친 별세(향년 58세). 유산과 금융조합 융자로 흑석동에 오막살이 기와집 장만.

1943년 유산으로 생계를 유지하던 중 식량이 바닥남. 아내가 어린 아들을 데리고 친정인 정읍으로 감. 지독한 학질을 앓음. 9월부터 1944년까지 시(4편), 소설(1편) 등 친일작품 발표.

1944년 4~6월, 고창의 연극단원들에게 민족주의사상 고취 혐의로 고창경찰서 유치장에 구금.

1945년 가난과 징용 해결책으로 정읍 군청 임시직원이 되어 흑석동 집을 팔고 내려가려는 중 해방을 맞음. 마포구 공덕동 301번지로 이사. 택호는 '수숫대 사운거리는 소리 들린다'는 청서당聽黍堂. 10~12월, 『춘추』 편집장. 손기정, 장준하 등과 반공청년회 활동. 김구의 임시정부가 귀국해 결성한 한국청년회 가입.

1946년 11월, 부산 남조선대학교(현 동아대학교) 전임강사.

1947년 이승만 박사의 전기 작가로 위촉.

1948년 동아일보 사회부장, 문화부장. 제2시집 『귀촉도』(선문사) 출간. 정부 수립과 동시에 3급 갑류 시험 합격, 문교부 초대 예술과장. 『김좌진 장군전』(을유문화사) 출간.

1949년 7월, 지병인 장출혈 재발로 예술과장 사직. 『이승만 박사전』(삼팔사) 출간. 이승만 선친 이름에 경칭을 안 붙여 발매 금지 처분. 한국문학가협회 시부 위원장. 『시창작법』(서정주 · 박목월 · 조지훈 공저, 선문사) 출간.

1950년 『현대조선명시선』(온문사), 『작고시인선』(정음사) 출간. 동국대학교 주최로 '시의 밤' 개최. 6·25전쟁이 나자 조지훈, 이한직과 서울 탈출. 대구, 부산 등지에서 종군기자 활동. 환각 증세와 실어증으로 부산 영도 유치환 집에서 요양. 9·28수복 후 서울로 돌아옴. 12월 3일, 중증 환청과 극도의 신경쇠약 속에서 「내리는 눈발 속에서는」 씀.

1951년 중공군 개입으로 1·4후퇴가 시작되자 가족과 함께 전주로 피난. 2월, 비상계엄령 치하에서 헌병의 불심검문에 걸려 즉결 총살 직전 구사일생. 구타 후유증으로 늑막염 앓음. 전주고등학교 국어 교사.

1952년 광주 조선대학 국문과 부교수. 월급은 보리쌀 서른 말. 「무등을 보며」, 「학」, 「상리과원」 초고 씀.

1953년 여름방학 때 해남 대흥사에서 삭발 단식 체험. 7·27휴전협정 이후 조선대학교 사직. 9월 공덕동 집으로 돌아옴.

1954년 예술원 창립회원. 서라벌 예술대학교 교수. 동국대학교 국문과 강사. 『시창작법』(공저, 선문사) 재출간.

1955년 『현대문학』 창간호에 「산중문답」 게재. 이후 『현대문학』 시 부문 추천위원.

1956년 3월, 미국 아세아재단에서 수여하는 제3회 자유문학상 수상. 수상작은 「광화문」, 「산중문답」, 「전주우거」. 『시창작교실』(인간사), 제3시집 『서정주 시선』(정음사) 출간.

1957년 2월 4일, 차남 윤 출생. 이후 10여 년간 영어, 불어, 독어, 러시아어, 라틴어, 희랍어 공부. 말라르메의 「바다의 미풍」 번역(『불교세계』, 8월호).

1958년 『현대문학』(1, 3월호)에 「신라연구」 발표. 『동국』(2호)에 러시아 시편, 『한국평론』(9월호)에 투르게네프의 「첫사랑」 번역.

1959년 동국대학교 전임강사. 『시문학개론』(정음사) 출간.

1960년 세계일보에 자서전「내 마음의 편력」연재. 격월간『한국시단』주간. 6월, 논문「신라연구」로 문교부 교수자격 취득. 7월, 동국대학교 부교수.

1961년 혁신파 교수단 위원회에 가입했다는 오해로 중부경찰서에 보름간 구금. 제4시집『신라초』(정음사) 출간.

1962년 『신라초』로 5·16문예상 본상 수상.

1963년 춘천 성심여자대학교 강사. 장남 승해, 강은자와 결혼. 10월, 손자 거인 출생.

1964년 『문학춘추』에 시론「시의 옹호」연재.

1965년 장남 승해 미국 유학.『문학춘추』에「시어록」연재.

1966년 7월, 제11회 대한민국 예술원상 수상.

1968년 『월간문학』에 자서전「천지유정」연재. 제5시집『동천』(민중서관) 출간.

1969년 『현대문학』에 산문「한국의 미」연재.『한국의 현대시』(일지사),『시문학원론』(정음사) 출간.

1970년 3월, 서울시가 조성한 관악구 사당동(현 남현동) 예술인마을에 황순원, 이원수, 이해랑 등과 함께 이주.

1971년 『시문학』에「내 시정신의 근황—나의 시적 편력」발표.

1972년 10월,『서정주문학전집』(전5권, 일지사) 출간.

1973년 『현대문학』에 장편소설「석사 장이소의 산책」연재.

1974년 『현대시학』에 산문「봉산산방시화」연재.『문학사상』에 부처의 생애를 다룬 희곡 「영원의 미소」 발표. 5월, 고창 선운사 입구에 「선운사 동구」 시비 세움.

1975년 『서정주 육필시선』(문학사상사), 제6시집 『질마재 신화』(일지사), 『나의 문학적 자서전』(민음사) 출간. 전국 대도시에서 회갑기념 시화전 개최.

1976년 숙명여자대학교에서 명예문학박사학위 취득. 제7시집 『떠돌이의 시』(민음사) 출간.

1977년 장편소설 『석사 장이소의 산책』(심중당), 자서전 『천지유정』(동원각) 출간. 11월, 한국문인협회 이사장 취임. 세계 일주 여행 떠남.

1978년 경향신문에 기행문 「미당 세계 방랑기」 연재. 2월, 멕시코에서 장 파열로 다량의 객혈, 멕시코인의 수혈로 회생. 중역 시집 『서정주시집』(허세욱 번역, 여명문화사업공업사) 출간. 9월 귀국.

1979년 『문학사상』에 세계 기행시 「서으로 가는 달처럼…」 연재. 동국대학교 정년퇴임.

1980년 『문학사상』에 「학이 울고 간 날들의 시—시로 읽는 한국사 반만년」 연재. 세계 방랑기 『떠돌며 머흘며 무엇을 보려느뇨』(전2권, 동화출판사), 제8시집 『서으로 가는 달처럼…』(문학사상사) 출간. 10월, 중앙일보 문화대상 수상.

1981년 미국의 『Quarterly Review of Literature』(여름호) '세계 시선'에 '서정주 : 동천Winter Sky(시 58편, 데이빗 맥캔 번역)' 수록. 10월 14일, 모친 별세(향년 96세). 『현대문학』에 자전시 「안 잊히는 일들」 연재.

1982년 제9시집 『학이 울고 간 날들의 시』(소설문학사), 일역 시집 『조선 민들레꽃의 노래』(김소운·시라카와 유타카·고노 에이지 공동 번역, 동수사), 불역 시집 『붉은 꽃』(민희식 번역, 룩셈부르크 유로에디터사) 출간.

1983년 제10시집 『안 잊히는 일들』(현대문학사), 『미당 서정주 시전집』(민음사), 『한용운 한시 선역』(예지각) 출간.

1984년 1월, 〈11시에 만납시다〉(KBS, 대담 김동건) 방영. 범세계한국예술인회의 이사장 취임. 제11시집 『노래』(정음문화사) 출간. 프랑스 정부 지원으로 2차 세계 여행. 11월, 고희 기념 강연회 및 시화전 개최.

1985년 경기대학교 대학원 초빙교수. 대한민국 예술원 원로회원. 6월, 차남 윤, 박승희와 결혼. 건(1990~), 신(1992~) 두 아들을 둠.

1986년 10월, 월간 『문학정신』 창간. 영역 시집 『안 잊히는 일들』(데이빗 맥캔 역, 시사영어사), 일역 시집 『신라 풍류』(고노 에이지 · 시라카와 유타카 공역, 각천서점) 출간.

1987년 5·16민족상 수상. 일간스포츠에 담시로 엮은 자서전 「팔할이 바람」 연재. 불역 시집 『떠돌이의 시』(김화영 번역, 파리 생제르맹 데 쁘레사) 출간.

1988년 4~7월, 미국 체류. 제12시집 『팔할이 바람』(혜원출판사), 스페인어역 시집 『국화 옆에서』(김현창 번역, 마드리드대학출판부), 독역 시집 『석류꽃』(조화선 번역, 부비어사) 출간. 〈명작의 무대 : 떠돌이의 시—미당 서정주〉(MBC, 연출 신언훈) 방영. 12월, 『문학정신』을 열음사로 넘김.

1989년 영역 시집 『서정주시선』(데이빗 맥캔 번역, 콜롬비아대학출판부) 출간.

1990년 기억력 감퇴를 막기 위해 세계의 산 이름 1628개 매일 암송. 허리 디스크 수술로 부산 동래의 병원에 입원한 부인 간병. 5~6월, 관광단체에 합류하여 유고슬라비아, 헝가리, 러시아, 중국 여행.

1991년 민음사에서 제13시집 『산시』, 『서정주 세계 민화집』(전5권), 『미당 서정주 시전집』(전2권), 음향시 『화사집』(윤정희 낭송, 백건우 연주) 출간. 언론인 김성우, 한국일보에 '『화사집』 50년' 칼럼 발표 후 10월 24일, 『화사집』 출간 50주년 기념시제 개최(동숭아트센터). 복간한 『화사집』 특제본(도서출판 전원) 및 흉상(조각가 박재소) 헌정.

1992년 7월, 부인과 함께 모스크바로 유학. 소련 해체 후 불안정한 정세로 유학 포기. 미국 큰아들 집에 머물다 11월 귀국.

1993년 희곡·장편소설 『영원의 미소·석사 장이소의 산책』(명문당), 민음사에서 그림동화 『우리나라 신선 선녀 이야기』(전5권), 산문집 『미당 산문』, 제14시집 『늙은 떠돌이의 시』 출간. 영역 시집 『MIDANG 서정주의 초기 시』(안선재 번역, 파리 유네스코), 『서정주 문학앨범』(웅진출판) 출간.

1994년 국민일보에 『미당 세계 방랑기』 연재 후 출간(전3권, 민예당). 러시아 바이칼 호수와 캄차카 반도 여행. 민음사에서 『미당 시전집』(전3권), 『미당 자서전』(전2권) 출간.

1995년 『우남 이승만전』(화산문화기획) 재출간. 영역 시집 『떠돌이의 시』(케빈 오록 번역, 아일란드 디덜러스), 스페인어역 시집 『서정주시선』(김현창 번역, 마드리드국립대학교출판부) 출간.

1996년 명창 김소희 1주기 추모시 낭송(동숭아트센터). 김동리 1주기에 묘비시 지음. 계간 『만해새얼』 창간호(6월호)에 만해 추모시 발표.

1997년 수필선집 『인연』(민족사), 제15시집 『80소년 떠돌이의 시』(시와시학사), 스페인어역 시집 『신라초』(김현창 번역, 마드리드국립대학교출판부) 출간.

1998년 영역 시집 『밤이 깊으면』(안선재 번역, 답게) 출간.

1999년 『만해 한용운 한시선』(민음사) 재출간.

2000년 중앙일보에 「2000년 첫날을 위한 시」, 『시와시학』(봄호)에 마지막 작품 「겨울 어느 날의 늙은 아내와 나」 발표. 10월 10일, 부인이 세상을 떠나자 곡기 끊음. 12월 24일 밤 11시 7분, 함박눈이 내리는 가운데 영면. 12월 28일, 생가가 내려다보이는 질마재 마을 선영에 안장. 금관문화훈장 추서.

미당 서정주 전집 3

1판 1쇄 발행 2015년 6월 30일
1판 4쇄 발행 2023년 2월 3일

지은이 · 서정주
간행위원 · 이남호 이경철 윤재웅 전옥란 최현식
펴낸이 · 주연선

(주)은행나무
04035 서울특별시 마포구 양화로11길 54
전화 · 02)3143-0651~3 | 팩스 · 02)3143-0654
등록번호 · 제 1997-000168호(1997. 12. 12)
www.ehbook.co.kr
ehbook@ehbook.co.kr

ISBN 978-89-5660-889-1 04810
978-89-5660-885-3 (전집 세트)
978-89-5660-886-0 (시 세트)